樋口一葉記念

第三十一回

やまなし文学賞受賞作品集

やまなし文学賞受賞

[illegible]

[illegible]沢恵理子

やまなし文学賞佳作

雨を知るもの

秋田　柴子

やまなし文学賞佳作

三日月

菱山　愛

やまなし文学賞実行委員会

樋口一葉記念　第三十一回　やまなし文学賞受賞作品集

目次

捩花　宮沢恵理子　5

三日月　菱山愛　65

雨を知るもの　秋田柴子　117

やまなし文学賞の概要 180
選　評　町田　康 181
捩れたままの魅力　堀江敏幸 182
思わぬ変化　青山七恵 183

受賞の言葉

やまなし文学賞「捩花」　宮沢恵理子 184
佳作「三日月」　菱山　愛 185
佳作「雨を知るもの」　秋田柴子 186

本書は第三十一回やまなし文学賞の受賞作より、一般部門の「捩花」、同佳作の「三日月」「雨を知るもの」を単行本としてまとめたものです。

捩花

宮沢恵理子

秋山瑞穂は夫と目も合わせない日が続いていた。事の発端は、夫が会社を辞めて、山形で暮らす両親と、同居したいという話からであった。長男であるためにいずれはその話が出るとは思っていたが、義父母が一人になってからの話だと思っていたし、こちらに呼び寄せる形をとるのだろうと思っていた。瑞穂は生まれてから四十八歳になるまで、東京を離れたことがなかった。野山に囲まれた山形のその家は、夜になると闇に包まれ、魑魅が飛び出さんばかりの場所にあった。そのような場所で暮らせるとは到底思えなかったし、はっきりした物言いの姑と上手くやれる自信もなかった。ここ数年、夫との不協和音を思うと、離婚という二文字すら浮かんでくる。学生時代の友人たちは子育てに忙しく、疎遠になっていた。誰にも話せず、日に日に沈殿していく重たい心を抱えたまま、今朝も勤め先で毎朝行われる朝礼に立った。今日から入ったというパートさんが自己紹介をはじめた。

「佐倉とし子です。六十歳です。立川から三十分バスに乗って、さらに歩いて十五分のところに住んでいます。この前、縁側に狸が座っていて、茶でも出そうかと思いましたぁ」

マスク姿の社員たちが円陣を組むように立ち並んでいる朝礼で、彼女はそう言うと、アハハとマスクの中でこもった声を出して笑った。彼女の笑い声だけが社員たちの頭上を通り、社内に響いた。彼女の口から飛び出した狸は帰る場所を無くして立ち往生している。

「彼女、変わってない？」

声にならない女子社員の言葉が場の色を変えた。

主任は、白いマスクに手をやりながら、こちらを向いた。

「じゃ、秋山さん、彼女に仕事、教えてあげてくださいね」

「あ、はい」

瑞穂は、隣に立つ佐倉さんに軽く頭を下げた。ショートヘアの頭が見上げるようにゆっくりと動いた。顔に比べて大きなマスクに優しい光を放った目が印象的だった。

「よろしくお願いします」

たっぷりと水を含んだような佐倉さんの声が心地良く耳に響いた。

佐倉さんは瑞穂の隣の席に座った。彼女の醸し出すスピードは、木の葉が舞い落ちるほどゆっくりで、なかなか地面に着地しない。

仕事内容は、運送業者に渡す商品チェックだ。いつもよりゆっくりと丁寧に仕事の内容を説明した。毎朝、トラックで大量の段ボール箱が届く。タブレットで品物を確認し、伝票を書き、地域別の箱に入れる。佐倉さんはにこにこしながら聞いていた。早速仕事に入った。何しろ、地区の数が多い上に仕事の件数も多い。佐倉さんのスローな個性に仕事の進みを心配したが、言われたことをすぐに理解し、テキパキとこなした。佐倉さんの処理能力の高さと、話し方とのギャップは瑞穂を驚かせた。

若い女子社員は佐倉さんと数メートルほど心の距離をとっているようにも思えたが、佐倉さんは気にする風もない。数日もすると会社にもすぐに慣れて、トラックの運転手がときおり佐倉さんの話し方をからかうのだが、けらけらと笑い、まわりの空気を浄化した。笑うたびにショートヘアのてっぺんの柔らかそうな巻き毛がゆらゆらと左右に揺れて、瑞穂より一回りも年上だが、可愛い人だなと思った。

仕事が終わり、更衣室に向かう。

「ここは、気持ちの良い更衣室ですねぇ」

と佐倉さんは、更衣室を見渡した。

「女子社員が増えたため、昨年、備品の保管場所だったところを更衣室にしたんですよ」

と伝えた。

壁にはその名残を感じさせる棚があり、いくつかの段ボール箱が行儀良く置かれていた。角には四畳ほどのスペースに畳が敷いてあり、体調の優れぬ者は、横になることが出来た。ときおり、生理痛で身体をくの字に曲げて横になっている若い女子社員がいた。ロッカーの前には、自販機が設置されている。その他に無料で珈琲やお茶が飲めるようにもなっていた。テーブルと椅子も置いてある。ピンクのブラインドが下ろされた窓の近くには、観葉植物が置かれ、明るい更衣室はなかなかに評判が良い。

佐倉さんは、ブルーの制服の一番上のボタンを外しながら、昔、実家で飼っていた家鴨の話をしはじめた。六羽のうちの一羽が行方不明になったという。あちこち探しまわり、隣駅の公園に、他の家鴨と一緒にいるところをみつけたそうだ。他の家鴨との見分けがよくついたなと思うのだが、そこは飼い主、目の配置や胸のラインなどでわかるのだという。再会を喜び、家鴨を抱き、家に連れて帰ったのだが、家の家鴨たちとどうも馴染めない。以前はあんなにも仲良く、一緒に暮らしていたのに。その家鴨が傍に寄ると、他の家鴨が逃げるのだという。そこまで話すと、佐倉さんは急に黙りこんで下を向いた。

「ウッ、ウッ」と声がした。

慌てて佐倉さんの顔を覗き込むと、瞼が充血し涙が光って零れ落ちそうになっていた。まわりの女子社員たちが怪訝な顔でこちらを見ている。

「この話をすると、可哀そうで、泣けてくるんだぁ」

こらえていた涙はついにポロリとあふれ出た。佐倉さんは指先で、その涙を拭った。

結局、その家鴨は公園に泣く泣く戻したそうだ。知らない家鴨たちの中に戻って行く姿を見て泣いている佐倉さんの顔が浮かんだ。何十年も昔の家鴨の話を思い出して泣く佐倉さんは、「純朴」を心に持つ女子だった。佐倉さんのまわりで、干草の匂いが漂い、鈴虫が鳴いた。

だが佐倉さんは、五つ年上だというご主人の話をするときだけは、少しだけ違う人になった。

「夫のせいで家計が火の車で、わたし、パートに出ることにしたんだぁ」

女子社員たちは皆更衣室から出て、佐倉さんと瑞穂の二人だけになった。佐倉さんは、制服をハンガーに掛けながら言った。

「それこそ、夫を刺し殺してやろうかと思ったことあったよぉ」

「刺し殺す」など、佐倉さんには到底似合わない言葉が飛び出した。ましてや包丁を握る姿など、想像することも出来なかったが、それほどの怒りは、やはり女性問題か。

「夫の友達がね、毎日のように来るんだ。ときには泊まる。凄く嫌なの」

瑞穂はロッカーの扉に手をかけたまま聞いた。

「毎日来るんですか？」

「そうなのよ。それでね、お風呂まで入っていくんだから」

佐倉さんの家のお風呂で身体を流す男の背を想像した。

「なんて言うのかなぁ。夫の友達ね、夫のこと好きなんだと思うのよぉ」

「好きって？」

「男が男を好き、ってあれよ」

「え、そうなんですか……」

夫が浮気をしているみたいだという話はたまに耳にするが、浮気相手が家の中に居るとなればそれは大問題だ。

佐倉さんはチューインガムを噛むくらいの調子で話す。佐倉さんの立場にたって考えようと思うのだが、どうにもそこまで思考が辿り着かない。

「その人が使ったお風呂を使うのが嫌なの」

排水溝に男の髪が流れていく。

「そうですよね」

「そのことで、何度も夫と言い合いになるの。なぜ毎日来なきゃいけないいんだって」

「ご主人とその男性、どういうお知り合いなんですか？」

「夫と同郷なんだぁ。その人、独身でね、総合商社に勤めていたんだけど、性に合わなくて辞めて、友達と会社はじめたらしい。五年前に夫が心臓病で倒れたときからよく家に来るようになったんだぁ。夫が死にかけて、随分と気弱になってねぇ、友人に会いたくなったのかなぁと最初、思ったんだけどねぇ」

佐倉さんの声が窓の傍の観葉植物まで伸びた。

「困りましたねぇ」

「ほんとだよ。夫は、『友達なんだから良いだろ。寂しいんだよ。家に帰っても一人なんだから』って」

そう言うと、佐倉さんはロッカーの扉を両手で少し乱暴に閉め、バタンという音が部屋に響いた。佐倉さんのその言葉からご主人との生活が少しだけ垣間見えた。人と暮らすということは、佐倉さんといえども大変なのだろう。


帰りの電車に揺られながら考えた。佐倉さんのご主人と男性が同性愛かどうかもわからないのだが、自分の夫に置き換えて考えてみると問題は深刻だ。もはや浮気などという言葉ではくくれない。女には理解が及ばぬほどの強い結びつきを想像してしまう。夫が宇宙人ほどに遠のいて、息を吸うのも忘れるほどにショックを受けるだろう。誰を好きになろうがそこに差別などないのだが、今夜も同じテーブルで三人で夕飯を食べる佐倉さんのことを思うと、あの天真爛漫な佐倉さんの笑顔が半分になってしまうような気がして、考えるのをやめにした。

佐倉さんが入社してひと月ほどが過ぎた。仕事が終わり、いつものように更衣室で着替えをしていると、胸に佐倉さんの視線を感じた。瑞穂は三年前に乳癌になり、左乳房を三分の一ほど切除していた。鎖骨に向かって数センチのケロイドの傷がブラジャーから顔を覗かせていた。

「あれ、秋山さんもやったんだ。私もだよ」

佐倉さんはブラジャーをべろんとめくりあげた。左側の胸に大きな傷があった。全摘だった。人に見られないようにそそくさとブラウスのボタンをかけた瑞穂を見て、佐倉さんは気遣うように言った。

「おっぱいもさぁ、よく頑張ってくれたよねぇ」

佐倉さんのその言葉に心が緩んだのか、瑞穂は話を続けた。

「手術したあと、ホルモンバランスが崩れて、なんだかおかしくなっちゃって。更年期が早く来たみたいな感じになりましたよ」

「あぁ、そういえば、そんなことあったかもなぁ」

「そんなときにですよ、夫ったら、グラビアアイドルの写真集を隠れて見ていたんですよ。若い子がこう、乳房を持って突き出してるんですよ。ご丁寧に袋にレシートまで入ってたんですけど、日付を見たら、乳癌の手術で私が入院していたときだったんですよ。なんだか頭にきちゃって」

佐倉さんはゆっくり頷き、黙って聞いていた。

「いつもなら気にもならないようなことだったのに、そのときは、失望したというか、夫との距離がもの凄く離れたんです。もう離婚したいくらい」

「うんうん、私も何度も離婚を考えたよぉ」

佐倉さんの声は瑞穂の血液の温度と馴染み、溶けて流れていく。

「秋山さんはおいくつ？　お子さんはいらっしゃるの？」

「今年四十八になります。子供はいないです」

今まで散々尋ねられた子供の話も佐倉さんに聞かれると不思議と不快な思いはしなかった。

「四十八歳かぁ。女の曲がり角だ」

「お肌の曲がり角ではなくて？」

笑いながら尋ねると、

「そうだよぉ。女の四十八は凄いエネルギーがあるんだから。そのまま女としての老いを受け入れて真っ直ぐ進むか、それとも、もう一花咲かせるか。決断の年だね。私の友達なんて、亭主も子供もいるのに駆け落ちしちゃったんだから」

瑞穂の口から自然とこぼれ落ちた。

「姉もそうでした」

「そうなの？」

佐倉さんが、瑞穂を見た。そのとき、コンコンと更衣室のドアをノックする音が聞こえた。

「誰か居ますか？　そろそろ玄関の鍵を締めますよー」

ガードマンの声だった。

「あ、急がないと」

佐倉さんは、慌てて縁が少しすり切れた大きな茶色いバッグを抱えた。

外に出ると、会社の門の横の柳の木の枝先が、街灯に照らされて、人の指先のような影を路上に描いていた。

「佐倉さんに話すとすっきりしちゃう。佐倉さんには、不思議な力がありますよね」

「何を言ってるのぉ、何もないよぉ」

佐倉さんの声が、柔らかく瑞穂の耳に届いた。

帰る方向が同じだったため、いつも一緒に帰るようになっていた。

「あのねぇ、秋山さん」

「どうかしましたか？」

佐倉さんと、武蔵小金井までの十分ほどの道を普段の倍くらいの時間をかけて歩いた。佐倉さんはときおり立ち止まったりするから、この調子だと駅に着くまで三十分はかかるだろう。

佐倉さんのすぐ横をサラリーマンが追い越していく。佐倉さんが話し出すのを待った。

「色々相談を受けるんだけどね、ちょっと、どうにも厄介なことが起きるんだ」

「どうしたんですか?」

「おかしな人と言われるかもしれないんだけど」

おかしな人というイメージはとっくの昔にクリアしている。

「あのねぇ、この世の人じゃない人からも相談受けるんだぁ」

「えっ? どういう?」

「昨日は電車の中で。私は死ぬつもりじゃなかったとか、お母さんに伝えて欲しいとか……」

「あ……」

ついに来たかと思った。佐倉さんは皆に慕われる。それは家鴨に狸と、人に限ったことではなかったから、そういうことがあっても不思議ではないと思った。

「あ、秋山さん、あそこにいるわ」

「いるって?」

「だから、女の人、そこ、そこの電柱のとこ」

「さ、佐倉さん!」

「時々、話しかけられるんだぁ」

頭では理解したつもりでいたが、実際に目の前で起きると鳥肌が立った。思わず佐倉さんにしがみついた。

「あ、あの、電車の中で話しかけられた方ですか?」

「いや、それは違う人」

佐倉さんはしばらく黙っていたかと思うと話しはじめた。

「あのね、彼女は夫といると息苦しくて仕方なかったんだって。こんな絶望的な思いがずっと続くのかと思うとやりきれなかったって。そんなとき、俗に言う悪い男と出会ったんだって。彼には透き通るような純粋さがあって、その落差に心が沸き立つほどに夢中になったって。でも、彼女、安定を捨てる勇気がなかったって。そうしているうちに彼女、癌になり亡くなったらしい。でもね、亡くなってみると会いたいのは、不倫相手じゃなくて、夫の方だったんだって」

瑞穂は、佐倉さんの腕にしがみつき、その腕を揺らした。

「佐倉さん、その人、いくつくらいで、どんな髪型してます?」

「あぁ、三十八歳だって。ショートヘアだよ」

瑞穂は少しだけがっかりした。瑞穂の姉も四十八歳で家庭を捨てて男の元に走った。そして、その後肺癌で亡くなった。だが、姉は背中まであるロングヘアだった。家族間に嵐のような波風をたて大騒ぎしてこの世を去って行った姉。もし、姉が今語ることが出来るなら、何を語るのだろう。やはりこの女性と同じように、夫に会いたいと言うのだろうか。姉にとって愛の問題は解決出来たのだろうか。

黙っていた瑞穂に、

「どうかした？　秋山さん」

と尋ねてきたが、三十八歳だという見知らぬ女性の前で、姉の話をするのは憚られた。

「いいえ、佐倉さん、怖くないんですか？」

「怖いというのとも違うのだけど、突然に来るからねぇ。それとか、急に友達の泣いてる顔が浮かんで、電話してみると、本当に泣いていたとかね……」

「凄い。佐倉さんにはやっぱり不思議な力があったんだぁ。いつ頃からですか？　そういう能力に気づいたのは」

「小学生の頃かなぁ。でも、自分や夫のことはよくわからないんだよねぇ。近すぎるからかなぁ。あ、まずい、電車が来ちゃう」

佐倉さんは突然腕時計を見た。急いでいるはずなのに佐倉さんの歩調は一向に速まる気配はない。佐倉さんの慌てているような、いないような背中を見ながら、佐倉さんなら、死者も話をしたくなるだろうと思った。

家に着くと時計の針は七時を回っていた。テーブルの上には、飲みかけのビールの入ったグラスが置いてあり、床には空き缶が転がっていた。夫はリビングの白いソファで野球中継を観ていた。夫とは前の会社で知り合った。新婚の頃は、よく一緒に出掛け、ショッピングや野球観戦に行って、夫との生活を楽しんでいた。一人息子である夫との結婚に反対だった双方の両親を強引に説き伏せて結婚したというのにここ最近の瑞穂たちは二人で出掛けることも無くなり、完全に倦怠期を迎えていた。結婚と同時に購入したマンションの家具は夫と相談し、白で統一した。革張りの白のソファやダイニングテーブルセット、食器棚は眩しいほどに部屋を明るく輝かせていたが、今は病室のように部屋をひんやりとしたものに変えてしまっていた。夫は近所の草野球チームに所属していて、日曜日になると欠かさず出掛けて行くほどの野球好きだった。テレビから、「入りました！　ホームラン！」というアナウンサーの叫ぶ声が聞こえると腰を浮かせ、「おっしゃ！」と手を叩いて喜んでいたが今は憂鬱そうにビールを飲んでいるだけだ。最近では夫のそんな姿さえもを鬱陶しく感じていたが、今日は佐倉さんに話を聞いて貰ったためか、逆に夫の表情が気になった。冷蔵庫を開けると、夫の好物のトマトが目に入った。取り出して、トマトを切るとテーブルに置いた。夫は驚いたように瑞穂の顔を見上げ「あ、ありがとう」と言った。夕飯の支度をするために赤いエプロンを手に取った。自分の心が少し凝り固まっていたかなと思えるような夜だった。

夕食は出勤前に用意してあったポトフとサラダだ。テーブルに並べ向かいあって座る。瑞穂は会社であったことを夫に話してみようかという気になった。

「新しく入ったパートさんね、不思議な力があるのよ」

夫は人参を避けてポトフのスープをすすった。熱かったのか、ふうふうとスプーンに息を吹きかけている。夫のかけていた眼鏡のレンズが一瞬にして曇った。夫は眼鏡を外し、テーブルに置いてあるティッシュペーパーをとると拭いた。

「霊が見えたり、人のことがわかったりするの」

「ふうん」

夫は興味がなさそうに再び口にスプーンを運んだ。昔は一口食べるとすぐに、美味しいなぁなどと感想を言っていたのが、今は何も言葉にしない。

それきり、二人の間で会話はなかった。

それでも瑞穂は夕飯の後片付けが終わると夫の座っているソファに近づいた。

「ねぇ、同居の話なんだけど……」

リビングのソファで新聞を読んでいた夫は新聞を少しだけずらすと瑞穂を見た。

「その話はもういいよ」

夫はそう言うと再び新聞に目を移した。エプロンを外しながらゆっくりと夫の前に座った。

「お母さんたちの意見はどうなのかなと思って」

「お袋たちにはまだ話をしていないよ」

新聞越しに夫は答えた。

「なぜ、今、山形に帰りたいと思ったの？」

目の前にかざされた新聞に語りかけた。

「特に理由はない」

「仕事、忙しいの？」

「まぁな」

夫の表情すら見えない。夫は疲れているのだろうか。

ふと先日、テレビで見た「中年男性の心の闇」という特集を思い出した。コメンテーターの精神科医が、中年男性は自分の心の闇を語りたがらない、無理に聞き出すとポッキリと折れてしまうから注意が必要だと語っていた。瑞穂は急に不安になり、早口になった。

「ねっ、少し頻繁に山形に顔を出すようにしてみるというのはどう？」

そうすれば山形での暮らしが夫にも瑞穂にとっても具体的に見えてくるかもしれない。瑞穂の心配をよそに、

「あぁ、そうだな」

気のない返事が返ってきた。だが、ここ数年の二人の関係からして、このような会話が出来たことだけでも進歩だった。瑞穂は自分でも驚いていた。

会社に行き、佐倉さんの顔を見るとほっとした。家に籠もったまま、夫と二人きりの生活だけだったら、瑞穂は息が詰まっていたことだろう。今、仕事をしていることは瑞穂にとって救いだった。

佐倉さんは、タンポポの綿毛だ。ふわりと漂い、それぞれのデスクに舞い降りる。半年もたつと、何か心に溜まった淀みを持つ人は、自然と不思議な能力を持つ佐倉さんの席に足が向いた。そんな佐倉さんは、社内の人にも知れるところとなり、更衣室では看板こそないが「佐倉相談室」が開かれるようになっていった。佐倉さんは週に四日しか出社しないが、皆、佐倉さんの来る日を待ちわびていた。仕事が終わると、佐倉さんのところに誰かしらが駆け寄った。

「佐倉さん、ご相談したいことがあるんですけど、帰り良いですか？」

とピンク色のマスクをした若い女子社員が言えば、

「ごめんね、今日はキョンちゃんの話を聞くからこの次でも良いかな」

といった具合だ。

昼休み、会議室のテーブルで佐倉さんとお弁当を食べていると、二度の離婚歴のある真鍋課長が声をかけてきた。

「さくらちゃーん、帰り、良いかな。俺さぁ、今大変なのよ。ケーキ奢るからさー、話聞いてよ」

課長は佐倉さんに身体が触れんばかりにすり寄った。課長は六十歳を過ぎているのだが、いつも妙な色気を漂わせている。

「あ、課長、ケーキは嫌いだからいらないです」

佐倉さんの好みははっきりしている。

「そーかーぁ」

課長は残念そうな表情で目尻に皺を寄せ苦笑いを浮かべた。

佐倉さんは、人の相談ごとは、決して他言はしないのだが、真鍋課長のことは笑いながら話をした。

「あの人はね、悪いことといっぱいしてきてる。あの人のまわりに沢山の女の人が見えるんだぁ。あれは相当、恨まれてるねぇ」

言われてみれば、課長はここのところ酷く顔色が悪かった。先日は、

「俺さぁ、夢を見るんだよ。女たちが俺の首を絞めてるのー」

出社早々、ぼやいていた。課長の首に何人もの女たちがぶら下がっている姿が浮かんだ。佐

倉さんも同じ絵を想像したのか、目を見合わせて笑った。課長は二人の視線に気づき、頭をポリポリとかいた。

佐倉さんと話をした者は、皆、すっきりとした顔になり、表情が明るくなった。皆の重たい思いは、吸い取った佐倉さんの身体からふわりと抜けて、まわりの空気と同化して、やがては月まで届く。月に辿り着くと、さしずめ、うさぎがついて、丸めて、宇宙にばらまくのだろう。それらが集まり、また新しい星を作るのだ。そう思うと、佐倉さんは宇宙の創造にまで携わっているようにも思えてくる。

一年ほど過ぎた頃、突然に佐倉さんは会社を辞めることになった。ご主人が心臓の病で再び倒れ、手術をすることになったそうだ。命に関わる大手術でパートに出る気力は残っていないという。佐倉さんの状況を考えれば、引き留めることが出来ないのは重々承知だが、女子社員たちの中には、泣き出す人も出てくるほどだった。

佐倉さんはいつもは、鼻を膨らませて、ご主人の話をするのだが、最後の勤務となったその日は違っていた。

「入院する日に夫が弱気になって、もう生きられないかもしれないとか言うものだから、『わたしが奥さんで良かったでしょうかね』ってきいたの。そしたらね、『あなたは捩花のようだ』って言うのよ。捩花っていうから、心がねじくれてるって意味かと思ったら、『違うよ。

あの花は可愛いんだ。俺は好きだな』って。おかしいよねぇ」

そう言うと、佐倉さんは、今まで見たこともないような柔らかくてとろけそうな笑顔になった。隣で、若い女子社員が捩花を検索してまわりに見せている。可愛いピンク色の小花だった。

捩花を出すなんて、さすが、佐倉さんのご主人だ。

「夫がね、『星の王子さまに出てくる薔薇は本当は捩花だったんだ』って言うのよ。それって、本当なのかなぁ。ねぇ、秋山さん、知ってる？」

佐倉さんはいつものようにケラケラと笑った。そしてその笑いは、社内の隅々まで伝染していった。佐倉さんが笑ったあたりはいつも白百合の花が咲いているような澄んだ空気になった。

佐倉さんが退職した後の会社は火が消えたようになった。ときおり女子社員が、

「佐倉さん、元気にしてますかねぇ」

と天井を見ながら力なく呟くと、皆が仕事の手を止めて、窓の外を見たりしていた。


近くの小学校で運動会が開催されるのか、パン、パンと花火の音が鳴り響いていた。瑞穂は洗濯物を干す手を止めて雲ひとつない空を眺めていた。リビングで電話が鳴っているのが聞こえた。携帯ではなく、家の電話が鳴るのは珍しい。勧誘か何かだろうと思いつつも慌てて部屋に入り電話を取ると佐倉さんからだった。

佐倉さんは夫が退院したので遊びに来ないかと瑞穂を誘った。瑞穂は二つ返事で承諾し、佐倉さんの誘いを心から喜んだ。

佐倉さんの家への訪問日は二週間後の日曜日だった。百貨店で手土産を選んでいるときも佐倉さんの顔が浮かび、心が沸き立った。洋菓子の苦手な佐倉さんのために羊羹とセットになっている和菓子を選んだ。子供が遠足を楽しみにするかのようにその日が来るのを指折り数えて待った。

約束の日が来た。瑞穂はライトグリーンのニットのアンサンブルにお気に入りのビーズのネックレスをつけ、家を出た。佐倉さんの家は、立川駅からバスに乗り、十五分歩くと左折する道があり、曲がって二軒目の家だと聞いていた。初めての場所のためか、バス停を降りて随分と歩いても、佐倉さんの家に辿り着かなかった。まわりに高い建物はなく、遠くに平屋の屋根が数軒見える程度で、道に沿って雑木林が続いている。繁った枝の下に続く細い獣道が見えた。突然ザワザワと木々が揺れた。何か飛び出して来るのではないかという恐怖にかられ思わず身構えた。だが、何も出て来ることはなく、瑞穂はほっと胸をなで下ろした。夜はさぞかし、寂しいところだろう。夫の実家の山形と共通する静けさがある。そういえば佐倉さんの話していた狸はどこから来るのだろうと気になり、あたりを見回した。深い緑に覆われた小高い丘が目に入り、なるほど、ここが狸の住む丘なのかもしれないと勝手に想像した。しばらく歩くと雑木林の間に細い道が現れた。ここを左折するのだろうか。曲がってみると、数軒家が建ち並んでいた。二軒目に佐倉と表札に書かれた家があった。佐倉さんの家は、古い木造で、玄関先に大きな柿の木があり、まだ食すには堅そうな柿の実をつけていた。チャイムを押す。家の中にピンポンという音が響くのが微かに聞こえた。

「はぁい」

家の中から懐かしい声がして、マスクをした佐倉さんが笑顔で出て来た。

「ひさしぶりぃ」

佐倉さんは、会社にいたときと少しも変わらない。佐倉さんの笑顔には淀みの一切ない、健やかさがあった。

「子供たちはもう皆家を出てるからね。夫婦二人で、気ままに暮らしてるの。汚いところだけど、さぁ、どうぞ、入って」

促され、家の中に入った。佐倉さんの家には猫が二匹いると聞いていたが目に入ったのは水色の目をした白い猫一匹で、足元にすり寄ってきた。年をとっているのか、白い毛が瑞穂の足元にパラパラと落ちた。瑞穂は白い猫の頭を撫でた。白い猫はみゃぁーと声にならぬ甘え声をあげた。

リビングのソファの横で車椅子に座って窓の外を見ていたご主人らしき人物がこちらにゆっ

くりと顔を向け頭を下げた。ブルーのギンガムチェックのボタンダウンにグレーのカウチンセーターを腕を通さず羽織っていた。目に力がなく、痩せて骨張っている身体が服の上からでも透けて見えるようだった。物静かな初老の男性といった感じだ。銀縁眼鏡の奥の眼差しは病み上がりのせいか、どことなく、暗い印象を受けた。

「お邪魔します。お加減はいかがですか?」

持って来た菓子折りを佐倉さんに渡した。佐倉さんは、「ありがとう」と言って菓子折りを少し掲げ、頭を下げた。

「秋山さん、さ、どうぞ、座って」

佐倉さんはリビングの中央にあるダイニングテーブルの椅子にどっこらしょと座るとテーブルに置いてあるポットから急須にお湯をとぷとぷと注いだ。瑞穂は佐倉さんの前に座った。

「心臓の手術は成功したんだけどねぇ、手術が元で脳梗塞を起こしちゃって。話すことも歩くことも出来なくなったんだよぉ」

佐倉さんは茶托に茶碗を乗せ、どうぞ、と言って零れぬようにそっと瑞穂の前に押し出した。

「術後の脳梗塞のリハビリで入った最初の病院が、リハビリセンターなんて名ばかりでねぇ、酷い病院だったんだぁ。コロナ予防で病室までは入れないんだけどね、旦那が結束バンドされてベッドに縛り付けられているのが廊下から見えたんだぁ。腹が立ってねぇ。わたし看護師と喧嘩しちゃった」

　佐倉さんはご主人にとって最適なリハビリ病院を探すのに奔走した話をしはじめた。

「いくつも見て回ったよ。ようやく辿り着いた病院はリハビリ施設を持たない小さな介護施設だったんだけどね、そこには人の優しさが確かにあった。毎日、電話で夫の様子を伝えてくれてねぇ。夫を人間として扱ってくれて、職員全員で夫の一言を辛抱強く待ってくれたんだぁ」

「大変な思いをされたんですねぇ」

「お陰様で、少しずつ体力も戻ってきたよ。まだなかなか会話にはならないんだけど、なんかねぇ通じなくても発する一言、一言に重みがあるんだよねぇ」

　佐倉さんはご主人の方を見た。光のない瞳をしたご主人が、まだ上手く動かない舌を懸命に使って言葉を発しようとしたが、途中で諦めたのか口をつぐんでしまった。佐倉さんはご主人の湯飲み茶碗にも茶を入れて、ご主人の前のローテーブルに置いた。ご主人は大病をしたせいで少しうつ状態にあるのか眉間に皺を寄せ陰鬱な表情をしていた。

「せっかく助かった命なんだからねぇ、前向きになってもらわないと」

　佐倉さんは、少し沈みかけた空気をかきまぜた。おそらく佐倉さんの言葉から推測するにご主人は自分が助かったことを心底喜んでいるわけではないということだろうか。

　家の中を見渡すと、リビングの壁に沿って木製のカウンターがあった。木の板を切って作ったものだろう。そのカウンターの上に、蔦と枝が数本置いてある。床には丸太を切った椅子が数個置かれている。素焼きの大きな壺には、枯れ枝が挿してある。その素朴さが洒落ていて、温もりを感じさせる。見ていた瑞穂に佐倉さんが気づいた。

「それね、旦那と枝でタペストリーを作ろうと思ってねぇ。ここいらには材料がたくさん落ちているからねぇ。ねぇ、お父さん」

佐倉さんのご主人を呼ぶ声は、まるで愛犬にでも話しかけるようだ。春の日差しのように温かく心地良い。

ご主人は声を発さず、少し目元に笑みを浮かべ頷いた。そのやりとりを見ていて、良い夫婦だと感じた。温もりのある家に佐倉さん夫婦が溶け込んでいる。

「素敵ですねぇ」

瑞穂の口から思わず言葉がこぼれ落ちた。

そのとき、軽く扉をコンコンと叩く音がしたかと思うと、後ろの玄関ドアが開き、六十代くらいの白髪の女性が花柄のマスクをしてエプロン姿のまま入って来た。

「お団子作ったんだけど食べない？　あらお客さん？」

十個ほどの団子を乗せた紙皿を差し出した手が止まった。

「食べる、食べる。あ、こちら秋山さん、会社でお世話になった人だよぉ」

瑞穂は座ったまま軽く会釈した。女性は会釈の代わりに頬を緩め柔和な表情で、瑞穂を見た。

「ご主人帰って来たから佐倉ちゃん、嬉しいねぇ」

その声のトーンは溌剌としていて、玄関を明るく染めた。

佐倉さんは近所では佐倉ちゃんと呼ばれているらしい。近所の人も佐倉さんと距離を縮めたくなるのだろう。

佐倉さんは紙皿を受け取りながら、

「まぁねぇ」

と照れたのか聞こえぬくらいの小さい声で言った。女性は瑞穂の方へ顔を向けた。

「わたしのとこは、五年前に夫が死んじゃってねぇ。夫婦なんてさ、本当にいるだけで良いんだよねぇ。話す相手がいるって本当に羨ましい。ここんちね、夫婦仲が良くて近所でも有名なんだから。あら、お客さんいらしてるのにお邪魔しちゃ悪いわね。じゃ、またね」

ドアの敷居をまたぐとそそくさと帰って行った。気軽に出入りしているのだろう。瑞穂の身近には無い飾らない人間関係が心地良く感じられた。

玄関ドアが閉まったのを確認すると佐倉さんは胸の前でぱたぱたと両手を振った。

「夫は、腰が軽いから近所の人によく頼まれごとされてねぇ、扉を直したり、自転車を直したりねぇ。手が足りないと夫がわたしを呼ぶもんだから夫婦仲が良いということになっちゃったんだよねぇ。家の中は大荒れで大変だったのにさぁ」

佐倉さんは含みを持った言い方をした。

佐倉さんは、近所の人が作ったつるりとした白い団子を皿に乗せて持って来た。「砂糖醤油で食べると美味しいよぉ」と、砂糖醤油の入った紫色の茄子の模様の小皿も持って来た。すすめられ、マスクを外し、お団子をひとつ口の中に入れると、素朴な懐かしい甘塩っぱい味が口いっぱいに広がった。瑞穂の心はまたひとつ緩んで行くようだった。

そう言えばと、瑞穂は、話をはじめた。

「真鍋課長はついに三度目の結婚に踏み切るそうですよ」

「そうなんだぁ。今度は上手くいくと良いねぇ。課長は色気をおさえないと駄目だねぇ。あの人は、優しいけどワルだからねぇ」

佐倉さんは、アハハと声をあげて笑った。そのとき、再び、玄関のチャイムが鳴った。

佐倉さんの人柄からか、来客の多い家なのだろう。

「加藤さんかな」

佐倉さんはそう言うと腰を上げ、玄関のドアを開けた。

初老の男性が零れ落ちそうな栗の入った袋を両手で抱えて家の中に入ってきた。

「田舎から栗をたくさん送ってきてさ」

「そうなんだぁ。初物だぁ。何を作るの？」

と佐倉さんが声をかけると、

「栗の渋皮煮。とし子さん好きだろ？」

テーブルに栗の入った袋を置くと、勝手知ったる他人の家で、台所の棚の扉を開けて包丁と大皿を取り出した。

「あぁ、良いねぇ！　あ、こちら、加藤さん。前に話したよねぇ、彼のこと」

佐倉さんが瑞穂に紹介した。この人がご主人のことを好きだという男性か。物腰が柔らかな白髪頭の中肉中背の男性だった。ご主人の愛人だとは到底思えない。隣のおじさんが、訪ねて来ているような感じだ。加藤さんは軽く会釈をした。

「こちら、秋山さん。パート先でお世話になったんだ」

瑞穂も軽く頭を下げた。

加藤さんは、今まで佐倉さんが座っていた椅子に座った。団子の入っていた皿を横にずらすと、テーブルの上に置いてあった新聞紙を広げた。無骨な手には少し小さい包丁で、器用に生栗を剝きはじめた。茶色い艶やかな皮の間から薄黄色い栗の肌が顔を覗かせている。新聞紙の上に栗の皮が置かれ、コロナ感染者数の記事が隠れていく。その様子を隣で立って見ていた佐倉さんが言った。

「夫の彼氏なんだけどねぇ、料理上手なんだ」

唐突に飛び出した「彼氏」という言葉に瑞穂は緊張したが、加藤さんもご主人もまるで天気予報でも聞くくらいな調子で反応しない。

「とし子さん、立ってないで、座って話したら?」

と加藤さんが椅子を引いた。ご主人も座るように手を振った。

「あー、そうだったねぇ!」

佐倉さんはケラケラと笑い瑞穂の隣に座った。

佐倉さんには夫がまるで二人居るようだった。この家はさながら佐倉さんを中心に回るメリーゴーラウンド。テーブルの下にいた白い猫も首を上げ佐倉さんを眺めている。

「そうだ! 秋山さんに里芋を取ってきてあげるよ。昨日掘ったのが畑に置いてあるんだ。今年は豊作なんだ。ちょっと待っててねぇ」

「あっ、わたしも行き……」

佐倉さんは瑞穂の話が終わらないうちにバタバタと玄関から飛び出して行った。

唖然としている瑞穂を見て加藤さんが言った。

「良いよ、ここで待ってれば。あの人は、いつもあんな調子なんだから」

加藤さんは栗を剝く手を止めて、テーブルの脇に置いてあった急須に湯を足し、半分ほどになった瑞穂の茶碗に注いだ。茶碗の中で佐倉さんの入れてくれた残った茶と混ざり合う。加藤さんは自分にも茶を入れると、ふぅと湯飲み茶碗に息を吹きかけ一口、口に含んだ。ご主人も、マスクをしていても微笑んでいるのがわかる。沈黙が流れた。瑞穂は何か話をしたほうが良いかと思い口を開いた。

「ご主人と加藤さんは確か同郷だったとか。どちらだったんですか？」

「栃木県の足利市だよ」

「えっ？　足利ですか！」

「そうだよ。足利を知っているの？」

「ええ。母方の実家が足利で、墓参りに小さい頃行っていました」

「そうなんだ」

「確か、競輪場とかが出来る前で、足利駅からバスに乗って土手を見ながら行った記憶があります」

「あぁ、競輪場が出来る前は何も無くて、本当に田舎だったからなぁ。足利のどのあたり？」

「五十部《よべ》です」

「あぁ、知ってる、知ってる」

加藤さんは話しやすく、瑞穂の口からすらすらと言葉が流れ出てきた。

「足利にはいつまでいらしたんですか？」

「高校を卒業するまでだよ。彼も僕も東京の大学。金が無くてね、亀戸の四畳半一間のアパートに一緒に住んでいたんだ」

加藤さんはご主人を指して言った。その頃から、ご主人と加藤さんは恋愛関係にあったのだろうか。

「そうだったんですか。佐倉さんとも足利で知り合われたんですか？」

瑞穂の問いに、加藤さんは少し考えるような素振りを見せた。

「いや、彼女は足利じゃないよ。彼女は覚えて無いのだけど、僕が大学生の頃、夏休みに東北に旅行してね、宮沢賢治の記念館で会ったんですよ。色々話をしたのに、とし子さんは全然覚えていないんだ。とし子さん、可愛かったんだぁ。あ、この話をすると彼が焼きもちを焼くからなぁ」

加藤さんは、本を閉じるような調子で、それ以上は語らなかった。瑞穂がご主人を見ると、ご主人は、無表情で加藤さんを見ていたが、その後、窓の外の景色に視線を移した。その顔は病み上がりの青白さを纏っている。加藤さんは栗を剝く作業に戻った。それぞれがこの木の家で静かに呼吸をしていた。それにしてもご主人が焼きもちを焼くのはいったい誰に対してなのだろう。瑞穂には三人の関係がまるでわからなかった。

しばらくすると玄関の扉が開く音がして、笊に沢山の里芋を入れた佐倉さんが息を弾ませて帰ってきた。静寂の時間は終わりを告げ、一瞬で場が華やいだ。

「ねぇ、見てこんなに沢山とれたよぉ」

佐倉さんは、ご主人のところに行って笊の上の大小様々な里芋を見せている。ご主人は、「うぉ」と言いながら里芋に触れた。

窓の外を見ると、オレンジ色に染まった雲が層を成していた。

瑞穂は、長居をするとご主人もお疲れになるでしょうからと、佐倉家を出た。すぐに佐倉さんが出て来て「バス停まで送るよ」と瑞穂の横に並んだ。佐倉さんの家の前の道は行き交う車も歩く人もいない。道の端の雑草から虫の声がして、ここは東京ではないような錯覚を覚えた。

「佐倉さん、加藤さんのことですが……」

佐倉さんは、そうそう、といった感じで瑞穂の言葉を待たずに話し出した。

「修羅場だったんだぁ」

以前、佐倉さんが使った「刺し殺す」という言葉と同じくらいに、佐倉さんには「修羅場」は似合わない。佐倉さんの次の言葉を待った。

「もう私、パニックになってねぇ」

笑顔しか浮かばない佐倉さんだったから、ご主人が倒れたことはさぞかし大変だったのだろうと瑞穂は胸が締め付けられる思いがした。

「手術が決まって、夫の下着を取りに家に帰ったら、加藤さんが家に来たんだよぉ。こんなときにまた風呂にでも入りに来たかと頭にきて『人の家になんで来るんだぁ』って。今まで我慢してたのが大爆発しちゃったんだ」

「そりゃそうですよ、そんな大変なときに来るなんて」

瑞穂は語気を強めた。だが佐倉さんは首を振った。

「加藤さんが『とし子さんが心配だから』って。手に持っていた袋をこうしてねぇ」

佐倉さんは袋を掲げる仕草をして見せた。

「家に入るなり、私を椅子に座らせて、袋から水筒とお弁当箱出して食べろって。水筒の中には豚汁が入ってて、お弁当箱にはひじきの煮付けとか卵焼きとか」

「そうだったんですか……。彼、いてくれて良かったですねぇ」

「まぁ、有り難かったんだけどねぇ」

歯切れが悪い。加藤さんとどんな修羅場があったというのだろう。次の言葉を待ったが、佐倉さんの口からそれ以上語られることはなかった。

前方から八十代くらいだろうか、老夫婦が歩いて来るのが見えた。瑞穂はゆっくり並んで歩く老夫婦の姿を目で追いながら、佐倉さんに話しかけた。

「佐倉さんご夫婦って仲良しですよねぇ。私、羨ましくなりましたよ」

佐倉さんの頭がゆっくりと動き、瑞穂を見上げた。

「そう？　うちはね、大きな山を越えたからだと思うよぉ」

佐倉さんの噛みしめるような言葉が瑞穂の耳に響いた。

「山？　ご主人のご病気のことですか？」

「それもあるけど……。旦那のことわかっているようでわかっていなかったんだよねぇ。何十年も一緒に居たのにさぁ」

前方から小さなバスの顔が見えた。佐倉さんは瑞穂の腕を取ると、走り出した。突風が吹き、髪を多方に吹き上げられながら瑞穂たちは肩を揺らし走った。佐倉さんのはぁはぁという小さい呼吸が肩のあたりで聞こえた。

バスが停まり、瑞穂がバスに乗ろうとすると、佐倉さんが言った。

「そうそう、近くに実家の畑があってね、夏野菜が採れる頃にまた来ると良いよ」

瑞穂は、はい、また来ます、と言って手を振りバスに乗り込むと空いていた前列に座った。後ろを振り返るが、乗客の頭で佐倉さんの姿は見えなかった。バスが発車し、窓の外は土手の景色が続いていた。

瑞穂は加藤さんのことを思い浮かべていた。会うまではご主人の愛人と思っていたから佐倉さんを苦しめる人物だと敵意すら持っていたが、会ってみるとそんな印象は微塵も受けなかった。それどころか、会社に居る頃、佐倉さんが皆にしてくれていたように、佐倉さんの痛みを加藤さんが月に飛ばしていたのではないか。思い過ごしかもしれないが、加藤さんの想い人は、ご主人ではなく、佐倉さんではないだろうか。死を覚悟したご主人が、加藤さんに妻のことを頼んだのではないだろうか。まるで森の中のような木の匂いのする佐倉さんの家で、そんなことがあっても不思議ではないような気がした。瑞穂はバスの揺れに身を任せ、三人の顔を思い浮かべていた。

バス内に終点の立川駅に近づくアナウンスが流れた。

家に帰ると夫はまだ帰宅していなかった。マスクを外し、ゴミ箱に捨てた。手を洗い、シルバーのイヤリングを外した。

ふとイヤリングに目が行った。イエローの石がついていて、顔を華やかに見せてくれるもので瑞穂のお気に入りだ。大小の二枚の葉の形をしたモチーフが耳元で揺れる。手の平にのせて眺めた。このイヤリングは以前、夫と一緒に行った鎌倉で購入したものだ。あの頃、夫さえいれば良かった。友人など必要なかった。夫は親のようでもあり、恋人でもあり、親友でもあった。子は無くとも心は満たされ足りないものなど何もなかった。どこから歯車が食い違ってしまったのだろう。きっかけは小さな諍いからのようにも思えたが何が原因だったかさえ思い出せない。

そういえば、今日、佐倉さんは、夫をわかっていなかったと言っていた。瑞穂の脳裏に夫の憂鬱そうな顔が浮かんだ。同居の話はあれ以来進展していない。夫の心境が変わったのだろうか。なぜ急に山形に帰ると言ったのかも未だにわからないままだ。瑞穂も自分は何も夫のことをわかっていないのだと思った。それにしても佐倉さんと出会ってからというもの、離婚まで考えていたのに、いつの間にか夫との仲を修復したいと思うようになっている自分に驚いていた。瑞穂は、イヤリングをそっとジュエリーボックスに入れた。洗面所の大きな鏡にうつった顔を見ると口紅が取れかかっていた。出先でもないのに化粧ポーチから口紅を取り出し薄いピンク色の口紅をつけた。今日は夫の好きなハンバーグを作ろう。そして、山形に帰省しないかともう一度誘ってみよう。瑞穂は台所に立つと、冷蔵庫からハンバーグの材料を取り出した。

夕食時、夫に山形行きの話を切り出した。

「ねぇ、山形に行ってみない？　季節も良いし」

夫は一瞬箸を止めて、瑞穂を見た。そして、

「あぁ、行ってみるか……」

何が夫の気持ちを動かしたのか、今回はいとも簡単に承諾した。早速その夜、義父母に電話

するといつでも大丈夫とのこと。翌日、夫は仕事の調整をしてみるということになった。結局、一日だけ有給休暇を取り、翌々週の週末に帰省することが決まった。瑞穂も仕事の繁忙期では無かったため、比較的楽に有給休暇が取れた。山形に帰省することが決まってからというもの、夫の表情は心なしか、以前よりは険しさがとれたように思えた。

夫と並んで新幹線に乗るのは何年ぶりだろう。五、六年前に京都に行ったのが最後だったような気がする。夫の実家への帰省も随分と久しぶりということになる。子のいない夫婦が旅行にも行かず、一体何を楽しみに過ごしてきたのかと今更ながら瑞穂は思った。

夫の実家は山形から左沢線に三十分ほど乗り、寒河江駅からタクシーで十五分ほどのところにあった。途中寒河江川を渡る。桜の季節には桜並木がピンク色に川を縁取り美しい場所だ。最近では地域起こしに躍起になっているとかで、東京からの移住者に支援金を出したり、県外からUターンする社会人に大学などの奨学金返還を支援したりしている話を義母から聞いたと、タクシーの中で夫が語っていた。実家に着いたときには午後の四時を回っていた。

玄関のチャイムを鳴らす。玄関ドアが開き、薄紫色の花柄のマスクをした義母が顔を出した。茶色いショートヘアは以前会ったときと変わらない。

「よぐ来だなー、あがらっしゃい」

山形弁特有のイントネーションを聞くのは久しぶりだ。今年七十八歳になる義母は小柄で痩せているせいか、身のこなしが軽い。久しぶりの再会を喜んでいるかのようにパタパタとスリッパの音を立て、部屋の中に入って行った。夫の実家は古い一戸建てで一階にリビングダイニングがあり、その右側に義父母の寝室にしている和室がある。和室には布団の上げ下ろしが億劫になったとかでベッドを二台置いたそうだ。仲良く、同じ形のベッドが並んでいた。リビングダイニングは独立した二つの部屋だったが、繋げて使っているため、かなり広く感じる。リビングからは庭が見える。庭には花好きな義母のために花壇を義父が作ったそうだ。淡いピンクのコスモスが揺れていた。瑞穂は洗面所へ手を洗いにいった。義父が使っているのか、育毛剤が、洗面台の横に置かれている。義母の使っている化粧品も並んでいて、義父母の日常がそこにあった。リビングに戻ると土産のお菓子のミルフィーユを夫が差し出していた。義母の好物はミルフィーユだそうで、夫は帰省するときは必ず買っていった。義父は買い物に出ているそうだ。義母がお茶を入れようとしたので、瑞穂が「やります」と言うと、良いからと義母は手で制した。夫は窓から見える葉山を見て、「明日、久しぶりに登ってみっか」と呟いた。

葉山は一千五百メートルほどの山で、山形の山々を全て一望出来ることで賑わっている。結婚することを報告に来たときに登った山だ。ブナ林の新緑が美しく、瑞穂がその美しさにはしゃいだこと、奥の院入り口に赤い鳥居があったことなどが脳裏に蘇ってきた。

夫が義母の入れたお茶を飲もうと椅子に座ろうとしたとき義父が大きなアルミ皿に寿司の

入ったビニール袋を持って帰ってきた。目尻に穏やかそうな笑い皺を作り、笑顔で瑞穂たちの帰省を歓迎した。義父母は夫に、

「うめがら（うまいから）、寿司けぇ（食え）」

とすすめた。四人で寿司をつつき、ビールを飲み、テレビを観て夜を過ごした。

コマーシャルが流れると義父は、夫の方を振り向き尋ねた。

「仕事はどんな具合だぁ？」

瑞穂は思わず夫の顔を見た。義母はいくらを口に入れもぐもぐさせている。

「上司と合わなくて会社に行くのが嫌になるよ」

と少しだけ顔を歪めた。

「そーけぇ。大変だぁ」

義父は夫にビールを注いだ。夫はそれ以上語らず、テレビに視線を向けた。M－1グランプリで優勝した芸人が出て来て声を張り上げた。夫はビール片手にその芸人を観て笑っている。瑞穂はなぜ自分には言ってくれなかったのだろうと思った。コップの中のビールの泡がしんみりとはじけている。夫は、瑞穂が、コップを握ったまま俯いているのに気づき、何も言わずに、ビールを注いだ。

翌日、葉山に登るつもりでいた夫だったが、天候が怪しかったため、取りやめにし、夫と瑞

穂は近所に買い物に出た。義母に頼まれた焼き鳥をスーパーで買った。

夫は最後まで義父母に同居の話は持ち出さなかった。「また来るから」とだけ言って夕方、義父母の家を後にした。

帰りの新幹線の中で、瑞穂は夫に、

「また来ようね」

と言うと、夫は「あぁ」と言い、瑞穂を見ると笑みをこぼした。新幹線の揺れが心地良く、二人は並んで目を閉じた。


木々の葉は落ち、枯れ葉が道を覆い歩くたびにカサカサと音をたてた。気がつくと冷たい風が冬を呼び世の中は足早にクリスマス、正月へと移り変わっていった。

瑞穂は相変わらず、会社と家とを往復する生活が続いていたが、ときおり気分が塞ぐと決まって佐倉さんから連絡が入った。佐倉さんはＬＩＮＥが苦手だと言い、電話をかけてきた。話の内容は会社のことだったり、ご主人の様子を聞いたり、いつも互いの近況報告程度だったが、佐倉さんと話をすると不思議と瑞穂の心の淀みは消えた。

季節が巡り、桜が散り、新緑の季節になった。街路樹にはハナミズキが美しく咲き、さわさわと揺れる新緑の遊歩道を車椅子に乗った七十代くらいの男性を押して歩く初老の女性を見かけた。瑞穂の脳裏に佐倉さん夫婦の姿が浮かんだ。

夏野菜が採れたから来ないかと佐倉さんから連絡が入ったのは、八月のお盆を過ぎた頃だった。瑞穂の心は浮きたった。

九月の第一週目の日曜日に行く約束をした。

ミンミン蝉の声が空から降るように聞こえてくる。九月の声を聞いても、照りつける日差しはまだ夏のようだ。首筋に汗が垂れるのを感じる。瑞穂はバッグからハンカチを取り出して拭った。佐倉さんの家の近くで虫取り網と籠を手に持った小学生の男児二人とすれ違った。新学期が始まっているはずなのに、黒く焼けた肌が夏休みの気分を纏っていた。山形の風景が脳裏に浮かんだ。山形も今頃、田畑の横を小学生が歩いていることだろう。

佐倉さんの家のチャイムを押すと、ご主人が柔らかい笑顔で玄関先まで出迎えた。歩けるようになったご主人のその姿を見て、人間の回復力を思った。以前よりも少し太っていた。ブルーの小さな花柄の開襟シャツに短パン姿で若々しく、表情も以前来たときよりも明るかった。車椅子は畳んで玄関先に置かれていた。佐倉さんが手を拭きながらご主人の後を追いかけるように出て来た。

「よく来てくれたねぇ。暑かったでしょう?」

佐倉さんはすぐによく冷えた麦茶を出した。扇風機を台所から瑞穂の近くまで持って来た。テーブルに置かれたグラスの中で氷がカラカラと音をたてた。

「いただきます」と一口麦茶を飲んだ。ひんやりとした麦茶が喉元を通っていく。

「お元気そうで。ご主人歩けるようになったんですね」

と声をかけると、

「うん、だいぶ良いよぉ」

とご主人の方を振り返った。ご主人は柔らかい笑顔で頷いた。

佐倉さんはご主人の趣味だという盆栽をベランダからいくつか持って来た。それは十センチほどの背丈の緑の葉であったり、松ぼっくりから芽を出したという生まれたての葉が健気に育っていて小さいながらも命を感じるものだった。

「こんなに小さくてもちゃんと緑なんですねぇ」

としげしげと眺めていると、

「ねぇ、畑に行こうよぉ。秋山さん」

と佐倉さんがせがむように声をかけた。瑞穂はテーブルに置いてあったハンカチを慌ててバッグに入れた。

「何も持たなくて大丈夫だよ。ちょっと行ってくる。なんかあったらここ押してね」と佐倉さんは携帯をご主人の左手に渡した。ご主人は頷き、大丈夫だと、小さく手を振った。

佐倉さんが日々ご主人中心に小さなことまで常に気を配り生活している様子がうかがえた。家を出ると雲一つない空から容赦ない日差しが照りつけていた。道路脇には生えた雑草が残暑に負けじと白い花を咲かせている。すぐに汗ばんできたが、瑞穂は佐倉さんと並んで歩く心地良さを感じていた。佐倉さんの隣は他の人とは違った空気が流れている。ゆっくりとした呼吸になり、安心感が湧く。花の匂いでもしてきそうな健やかさがあった。

歩き出して数分もしないうちに佐倉さんは言った。

「あ、ここだよ」

佐倉さんは、大きな門を指さした。

「母が亡くなって、誰も住んでないから時々掃除しに来るんだぁ。三十坪くらいの畑もあってねぇ、夫が倒れる前まで、一緒に野菜を育てていたんだぁ。三十種類くらい植えてねぇ、落ち葉を堆肥にしたり、牛糞を使ったり、無農薬にこだわってたんだぁ。大変だけど、採れたての野菜は味が濃くて、甘いんだよぉ。そうそう、父の作った池もあるよ」

門のかんぬきを引き、ギギッと音をさせて開くと、広い庭が目の前に現れた。入って左手に両手を広げたような大きな栗の木があった。右には鳥を飼っていたのか、孔雀でも入れそうなほど大きな小屋があった。少し先には藻に覆われた大きな池があり、水面にはいくつもの小さな波紋が静かに揺れていた。奥には畑があり、色づいたトマト、ピーマンが見えた。

「ここに家鴨がいたんだよぉ」

佐倉さんは池を指した。じっと池を眺めている佐倉さんは、今にも泣き出しそうだったので、話題を変えた。

「鶏もいたんですか?」

佐倉さんは頷き、鶏小屋を見た。

「朝はね、卵を取るのがわたしの仕事だったんだぁ」

鶏小屋の横には壊れかけた犬小屋が置いてあった。鳥の羽のついた産みたて卵を笊に入れて歩く小さい佐倉さんが浮かんだ。家鴨が後を追い、犬が鳴き、ひょっとしたら山羊などもいたかもしれない。佐倉さんは、ときおり小石に躓いたりしながら、卵を運んだのだろう。

それにしても庭が家よりも広い。ここで生まれ育ったから、佐倉さんなのだと妙に納得がいった。佐倉さんは家の玄関に向かった。

「ここが玄関なんだけどね」

と言いながら玄関脇の膝のあたりまで伸びた雑草を抜いた。

「ここにね、子供の頃、夕方になると女の人が立っていたんだ」

「えっ?」

佐倉さんが、突然また誰かと話し出しやしないかと瑞穂はハラハラしたが、今は居ないらしく、佐倉さんは少し背を丸めて、畑の方に歩き出した。瑞穂も慌てて追いかけた。

紫色のリンドウが畑を囲むようにして蕾をつけていた。

佐倉さんは、しゃがみ込むと小松菜の根元を鶏の首でも摑むように持ち勢いよく抜いた。

「秋山さんも小松菜、持っていくと良いよ。沢山採って良いからねぇ。今年はまだピーマンもトマトも採れるんだぁ。あとで採ろう」

佐倉さんは振り返るとトマトの方を指さした。しばらく、佐倉さんは黙ってトマトの方を見ていた。

佐倉さんの隣に座り小松菜を二束ほど抜くと、もっと抜けと言うので、さらに三束抜いた。柔らかな葉先が生まれたての赤子のような体温で、少し強く握っていた手を思わず緩めたくなるほどに命を感じた。

佐倉さんは畑の端に植えてあるニラの頭にちょんちょんと触れたかと思うと、ふぅとため息を吐いた。

「わたしさぁ、離婚しようと思ってたんだぁ」

突然佐倉さんの口から出た離婚という二文字に驚き、思わず隣の佐倉さんを見た。

「お恥ずかしい話なんだけどね、夫がねぇ、盗みを働いたのよぉ」

「盗み?」

そのとき、一匹の蟬がけたたましくミンミンと鳴き出した。追いかけるように他の蟬も鳴き出し、あたりが賑やかになった。

「定年後にマンションの管理人をやってたんだけどね、マンションの修繕費五百万着服しちゃったんだぁ」

「えっ?」

「会社の人から電話を貰ったとき、まさか、うちの人がそんなことするなんて思ってもみなかったからショックで倒れそうになっちゃったよぉ。会社はお金を返して貰えれば穏便に済ませると言ってくれたんだけどねぇ」

「なんで、またそんなことに……」

「最初の話ではねぇ……会社の同僚たちによく奢ったりしてたって。管理人と言っても、大型マンションだから数人の管理人と警備の人や清掃の人がいるのね。その人たちにお金まで貸してたって言うんだ。あちこちから借金して多重債務になって、もうどうにもならなくなって、マンションの修繕費を返済に充てようと思ったんだって。うちは金持ちでもないのに、なんで人のためにそこまでお金を使うんだって怒ったんだけどね、断れなかったって言うんだよぉ」

蟬は相変わらず青空に響き渡るような声を上げている。

風が吹き、さわさわと木々の葉を揺らす音がした。佐倉さんの指は相変わらずニラに触れたままだ。その指に結婚指輪が光っている。

「とにかく、お金を返さなくちゃいけなかったから娘たちの結婚資金用に貯めていたお金とか、かきあつめて返済したんだぁ。夫は、二度としないからって謝るんだけど、人様のお金に手を出して、情けなくてねぇ。『もう離婚だぁ』って。夫を叩き出しちゃったんだぁ。別居ったって、ここの実家に一人で生活させてたんだけどねぇ」

「そうだったんですか……」

「今までの色々な不満とか、借金のこと考えたらさぁ、本当に離婚したくなっちゃってねぇ。だけど夫は『俺は本当にだらしない人間だけど、とし子のことを誰よりも大事に思っているんだ』って泣きながら言うんだよぉ」

佐倉さんの声も泣いているように聞こえる。

「優しくて子煩悩な夫だったから子供たちもお父さんのこと大好きだったんだぁ。だから横領したこと、もの凄くショックを受けてねぇ、子供を傷つけたのが一番許せなかったよぉ。自分の親が犯罪者だなんてねぇ」

佐倉さんのあまりの告白に、瑞穂は小松菜に触れていた指が止まったままだった。いつも瑞穂の脳裏に浮かぶ離婚という文字とは明らかに違う空気を感じ、佐倉さんに返す言葉が浮かばない。

「別れるか悩んだよぉ。だけどさぁ、今までの三十年間全てにバッテンをつけるのって難しいんだぁ。長い時間が、二人を溶け合うくらいに密着させているところがあって、切り離そうとすると自分が壊れそうになるんだ。長い時間かけて培った愛もあるしねぇ。そんな愛も壊そうとするから離婚って難しいのかなぁ」

佐倉さんは独り言のように言ったのだが、佐倉さんのような慈悲深い人だからこそ離婚に至らなかったのではないかと想像した。

佐倉さんは畑を見渡しながら話し出した。

「別居して半年が過ぎた頃だったかな、この畑に来てみたら、痩せて泥まみれの夫がいたんだぁ。私に気づいてねぇ、『トマト、採れたよ』って、葉の間から顔を出して、差し出したの。弱々しくてかすれた声でさぁ。夫の手に触れないようにして受け取ったの。真っ赤なトマトが温かくてねぇ。まるで菩薩さんでも入っているのかと思うくらい。なんだか、そのトマトに触れたらさ、憎いはずの夫に愛情を感じちゃったんだよねぇ。結局トマトのせいでまた同居することになっちゃったぁ」

「トマトのせいですか」

「うん、トマトのせい。夫の首根っこを摑んで、三途の川の向こう岸までこのどうしようもない夫と一緒に渡るんだって、思っちゃったんだよねぇ」

佐倉さんはふぅと大きく溜息をついて立ち上がり、葉をかき分けたかと思うと熟したトマトをくるりと回しもぐと瑞穂に手渡した。手の中に大きな艶やかな赤いトマトがずっしりとおさまった。

黒蜻蛉が佐倉さんの前を横切った。佐倉さんは目で追いながら言った。

「とにかくね、夫を救済しないとならなかったんだぁ。夫は、『なんてことをしてしまったんだ』って毎日泣いてばかりでねぇ、そこから引っ張りあげなきゃならなかったんだぁ」

「救済だなんて、佐倉さんでなくては出来ないことですよ」

「それがさぁ救済するはずだったのに、旦那、倒れちゃってさぁ、それどころじゃなくなっちゃった」

佐倉さんの力のない笑い声が畑に響いた。いつの間にか蟬の鳴き声は止んでいた。

「ご主人の看病までしてあげて偉いですよ」

「いやぁ、病院に運ばれて、手術中に死ぬかもしれないという宣告を受けたとたん、もう夫を憎むだなんて次元じゃないところに連れていかれちゃったんだよねぇ」

佐倉さんは両手を膝の上に置くと、空を見上げた。白い綿のような雲がぽっかりと浮かび、ゆっくりと移動している。

「夫が死んじゃったらどうしようってね。恨みの感情が切り離されて、あの人がまるで別人のように思えたんだよね。それこそ悪いことも夫は何もしてないの。ただ宙に浮いている感じ。病室で寝ている夫の顔が仏様に見えたんだわぁ。そしたらさぁ、寝たきりだろうが、何だろうが、ただ生きていて欲しいと心から思ったんだよね。人間、死んだら仏様になる、っていうのを先取りしたんだろうねぇ」

佐倉さんは視線を空から畑へと移した。茄子は剪定され、細い枝の先に小さな茄子をつけていた。

「それでね、術後に夫の脳梗塞がわかって途方に暮れてたときに、加藤さんが家に来たんだぁ。そのときはじめて知ったんだけどねぇ」

瑞穂はこの話にはまだ続きがあることを知った。

「加藤さん、いきなり玄関で土下座してさ、夫の借金は全て自分のせいだったって言うんだよぉ」

「自分のせい？」

「加藤さん、友達と会社やってる話したっけなぁ」

「えぇ。何の会社ですか？」

「建物の階段部分を作る会社。大口の仕事が入って、下請けの会社に支払うはずのお金を友達に持ち逃げされたらしいんだぁ」

「そんな……」

「加藤さんは銀行から借金していてこれ以上借金出来ない状態だったんだって。工事が完了したらすぐにお金が入るから、そうしたら返すからって夫に泣きついたんだよぉ。でも入金に時間がかかって夫が返済出来ない事態になったって」

「それでご主人、横領まで……」

「うん。離婚まで考えて別居したこととか、苦しかったことが蘇って、それが全部加藤さんのせいかと思ったら腹が立って。加藤さんの背中を叩きまくったよぉ」

瑞穂の脳裏に項垂れて佐倉さんに叩かれている加藤さんの姿が浮かんだ。

「なんですぐに謝罪しに来なかったんでしょう?」

「私もそのことを問い詰めたよ。そうしたら、借りたお金を少しでも早く返すために空いた時間は全て派遣や夜勤の仕事入れていたから来れなかったって。それと……、夫から借りたことは私には絶対に言わないように口止めされていたんだって。だけど、夫が死ぬかもしれない状態になって黙っていられなくなったらしい」

「それにしても、なんでご主人、本当のこと言わなかったんでしょう」

「夫に問い詰めようにも話せる状態じゃなかったしねぇ。それに妻だからって、話せないこともあるかもしれないなぁって……」

佐倉さんはそう言うと黙りこんでしまった。

それにしても、ご主人は自分の亡き後に佐倉さんを託す加藤さんのことで心配をかけたくなかったのか、それとも本当に愛人関係にあった加藤さんが出入り禁止になることを恐れたのか、佐倉家で三人の人間模様が捻じれているように思えた。

佐倉さんは気を取り直したように顔を上げた。

「でも事態は悪い方向へ向かっているわけではないしねぇ。加藤さんも毎月返してくれてるし。彼も被害者と言えば被害者だしねぇ」

佐倉さんに邪気は似合わない。彼女の透き通るような声はどんな淀みでも浄化してしまう。

佐倉さんは両手についた泥をパンパンと勢いよく叩いて落とした。

吹いてきた風が佐倉さんの前髪をふわりと持ち上げ、額があらわになった。少し汗ばんだ佐倉さんの額に柔らかそうな数本の髪が残っている。

「夫は私が思っていたより、ずっと弱い人間だったんだなぁ。いや、人間なんてみんな弱いのかもしれないなぁ。加藤さんの友達がお金を持ち逃げしたのだってそうだし。真鍋課長が次々女に走るのだってそうだし。欲に負けてしまうんだから、弱くて愚かだよねぇ。でも愚かだけどなんか愛おしいよ」

「愛おしい?」

「まぁ、最初は怒りやら悲しみやらで押しつぶされそうだったんだけど、感情が去っていくにつれてね」

佐倉さんが愛おしいと思えるようになるまでどれだけの苦しみを越えてきたのだろう。

「それにしても、私は、二回、結婚したみたいだよ。一回目は薄いアメリカン、二回目は違いのわかる人にだけわかるエスプレッソ」

と佐倉さんは訳のわからないことを言った。

「ど、どういう意味ですか?」

「夫を本当に失うかもしれないという思いをして、ようやく、その存在の大切さがはっきりと見えたんだぁ。はじめて夫と向き合えた感じがしたよぉ。秋山さん、私ねぇ今、愛に狂ってるんだぁ。夫の命が愛おしくてたまらないんだよぉ」

経験した人にしかわからない説得力のようなものが、佐倉さんの言葉にはあった。

「さてと、そろそろ、行こうか。また来るね」

佐倉さんは玄関に向かって手を振った。

やっぱり誰か、見えていたのか。瑞穂の胸はドキドキしていたが、佐倉さんの友人に会ったかのような振る舞いに、そんなこともあるのかもしれないという気持ちになり、思わず玄関に向かって軽く頭を下げた。

佐倉さんがすたすたと先へ行ってしまったので、手についた土を落としながら、慌てて追いかけた。

たくさんの小松菜を抱えて佐倉さんの横に並ぶと尋ねた。

「ところで佐倉さん、前に話されてた狸はどこから来るんでしょう?」

「あぁ、狸?　その話、覚えててくれたんだぁ」

佐倉さんが立ち止まると、丁度佐倉さんの顔に西陽が当たり、オレンジ色に輝いた。

佐倉さんは眩しそうに目を細めた。

「どこだろうねぇ、本当、どこからだろう」

佐倉さんは頭を斜めに傾けたまま歩き出した。

家に戻ると、

「おあ（か）えり」

とご主人がリビングのソファに座り、寛いだ笑顔で瑞穂たちを出迎えた。以前来たときより会話も通じるようになっていた。

「秋山さんにあの池を見せたんだぁ」

ご主人はそうか、と頷いている。

「あっ、そうそう、秋山さんピーマンも持って行ってねぇ」

佐倉さんは椅子を引きガタリと音を立てて立ち上がった。そのとき、椅子がバランスを崩し、後ろに倒れた。慌てて佐倉さんは椅子を起こした。

ご主人は耳を塞ぐ様子を見せてから穏やかに微笑んだ。

少しご主人と話がしたくなった。

「お加減良くなって良かったですねぇ」

と話しかけるとご主人は瑞穂の方に身体を向けた。

「ええ」

と頬を緩めて言った。

「良いご夫婦ですね」

「え（い）やぁ、あれ（彼女）がえあい（偉い）んでふ（です）」

と言うと胸の前で両手を合わせた。

佐倉さんはご主人のそうした動作に気づかず台所に置いてあった紙袋の中にあったピーマンの選別をはじめていた。まるまると太った艶やかな緑色のピーマンが次々と紙袋に入れられていく。先ほど収穫した大きなトマトも袋に入れられた。

佐倉さんが紅茶を入れてくれて、三人でしばらく話をした。それは庭に来る小鳥の話であったり、家の猫たちの話であったり、動物の話が多かったように思う。

佐倉さんがお手製のピザを作るから食べていかないかと言い、焼くだけの状態だったのか、畑で採れたトマトやピーマン、バジルを乗せたピザが十分もしないうちにテーブルに出された。風味豊かなピザはお腹も心も満たした。テーブルには紫色の小花が茶色の陶器の一輪挿しに生けられている。

ふと窓の外を見ると、茜色の空が闇に吸い込まれていく。その窓の下には定位置なのか、今まで姿を見せなかった茶色い大きな猫がライオンのようにどっしりと寝そべっていた。

ご主人に礼を言って、家を出ようとすると加藤さんが入ってくるところだった。

「あ、こんにちは」

瑞穂が挨拶すると、加藤さんは軽く頭をさげた。

「秋山さん、送ってくるから」

と佐倉さんが言った。

「あぁ」

加藤さんは、まるで家の住人のようにそそくさと家の中に入って行った。

「加藤さん、来られてるんですね」

「うん、昼間、自分の会社の仕事やって夜勤の仕事やって、それでも少しの時間見つけては来てくれるんだぁ。掃除したり、ご飯作ってくれたり夫の話相手になってくれたりねぇ」

「そうなんですか」

もはや三人は一心同体のようだ。

佐倉さんと並んで、バス停までの道を歩いた。行き交う車も歩く人もいない。陽が落ちて、涼しい風が頰を撫でた。

満月の月明かりに照らされてバスが夜を揺らしながら来るのが見えた。その前を横切る黒くて丸い動物らしき影が目に入った。

「佐倉さん！　あれ、あれ、見ました？　ひょっとして今の、狸じゃないですか？」

佐倉さんが、指さす方を見た。

「えっ、そうかぁ？　またうちに来る気かなぁ。今夜は満月だから狸とお月見だぁ」

佐倉さんはケラケラと笑っている。

「佐倉さん、ススキも！」

佐倉さんの背丈ほどもあるススキを土手から抜き取り渡した。嬉しそうに受け取る佐倉さんは、童女のようだ。

バスのライトが佐倉さんの顔を撫でるように照らすと停まった。

「また来てねぇ」

後部座席に座り、振り返るとススキを振る佐倉さんの姿が、月明かりの中で小さくなっていった。佐倉さんが見えなくなると、窓の外の満月を見た。佐倉さんの言った「愛に狂う」という言葉が満月を覆い、夫の顔が浮かんだ。

膝の上の紙袋がバスの揺れでカサカサと音を立て、熟した赤いトマトが顔を覗かせた。

了

三日月

菱山愛

「確認の為に、ご本人から、お名前を言っていただけますか?」というのが、九月十二日からの、院内の方針になった。

お名前をこちらから聞いてしまうと、緊張していたり、少し耳が遠かったりする患者様は、「はい」と答えてしまうからだという。

実際、先日。私は、「岸山洋子さんですね」とお聞きし、「はい」と言って立ち上がり、診察室にお入りになった、六十代後半の小柄な女性に、岸山洋子さんの血液検査結果の推移をグラフにしたものをお渡ししながら、血液検査の結果の説明をした。

「残った薬を確認しながら、今後の内服薬を調整しましょう」と、現在の内服薬を袋ごと出していただいて初めて、赤紫色のベストを着て、甲羅のように少し丸く屈めた背中から突き出すように首を出し、じっと眼を逸らさずに私を見つめ、頻繁に頷きながら結果を聞き、「夕方になるとね、どうしても、甘いものがなかなか、控えられないのよ。駄目だなって思ってるんだけどね。孫なんかが来ちゃったりすると、やっぱりお菓子を出してあげたくなるじゃない。学校で疲れて帰ってくるしね。甘いものが、美味しいと思うのよ。それで、ばあばも、なんて言ってもらうと、ついね。そのまま夕ご飯を食べていく、なんてなると、どうしてもね、子どもはお肉や揚げ物が好きだから、私だけ、別に用意するっていう訳にもいかなくてね」などとお話してくれていた、髪の毛も根元まできれいに染め上げられている方が、岸山洋子さんではないのかもしれないと気が付き、顔から音を立てるほど急速に血の気が引いていくのが分かった。

「岸山洋子さん、かと思ってお話をしていたのですが」と声を掛けてみても、「はい、はい」と、にこにこと頷いていらっしゃる。頷きに迷いはない。もしかすると、薬袋の名前が間違えているのかとも思ったほどだった。

「薬袋に、石山透子さんと、ありますね」

と聞いてみても、「はい、はい」と同じように頷かれる。

「確認の為に、お名前をご本人から言っていただいて良いですか？」と、病院指定の決まり文句を言ってみると、「はい、はい」と頷きながら早口で、「・山・子」と仰った。

なるほど、文字で見ると似てもいない岸と石、洋と透は、名前の中に溶かして言うと、違いを聞き取りにくいのだと、初めて知った。私も、言っていただいたのがどちらのお名前なのか聞き取れずに、背中の中央に冷や汗が静かに二本ほど流れた。

「間違いを無くす為に、もう一度確認させてください。お名前は、石、山、透、子さん、ですね」

今度は薬袋に書かれた氏名を、一文字ずつ指さしながらゆっくり確認すると、石山透子さんは大きく頷かれた。唇をきゅっと結んで口角を上げ、安心しきったように大きく頷く姿を見て、先程までの彼女は、緊張なのか焦りなのか、返事をすることを急いでいたのだと、気が付いた。さっきまでは、先程の私のように、名前をはっきりと聞き取れずにいたのかもしれない。

「先程お渡ししてしまったデータは、違う患者様のものでした。申し訳ありません。差し替えてもよろしいですか？」と、お渡しした紙を受け取り、新しく印刷したご本人の血液検査の結果をお渡しし直し、ご説明した。

幸か不幸か、不思議なほど、石山さんと岸山さんは、年齢も近く、検査結果も似ていて、検査結果についての会話が成り立ってしまっていた訳が分かった。血糖値とコレステロールだけが、正常より少し高い。内服を必ずした方が良いというほどの値でもないので、今は内服をするよりも、一か月から三か月程度、生活を改善して様子を見てみたい、という治療方針の説明にも変わりはない。何だか、自分がいつも一人一人に寄り添って、それぞれに対応しているつもりの仕事が、本当は紋切り型でも変わらないのではないかというような、不思議な錯覚に陥った。

「酒井好男です」

と答えてくれた男性は、少し赤ら顔で、今日は内視鏡の検査があるから、きっとご飯は食べていないし、お酒を飲んでいるはずも無いけれど、何となく、酒酔いの赤ら顔の様にも見えて、私は不謹慎な笑みを浮かべてしまいそうになった。

「お酒はお好きですか？」とダイレクトに聞くことは憚られ、問診票の飲酒欄にそっと目を通すと、飲酒は無し、となっていた。喫煙歴は長く多いことから、赤ら顔は喫煙による多血傾向からなるのだろうかと想像した。


患者様の名前、というのは、面白い。

先日は、二四男、と書いてふじお、という方がいらしたので、「富士さんとは関係ない、ふじ、なんですね？」とお聞きしたら、「六人目なんですよ。六男、は語呂が悪いし、ということで、足し算になったそうです。掛け算しないでくださいね」と、斜め上のお返事をいただき、驚いたこともある。六であるとともに、富士山のご加護と、不死などを掛けた、考え抜かれたお名前なのだろうなと、感心した。

数か月前には、蓮沼世界、さんがいらした翌日に、蓮沼宇宙、と書いてそら、さんがいらした。「蓮沼さん、という素敵な世界観がある苗字の方は、お名前もきっと、苗字に負けない素敵なものをと、皆様よくお考えになられるんでしょうね」と言ってみたら、「父の名前は、世界、です」と言われ、世界が宇宙に広がったのか、と思いを馳せた。すると先日、「息子が生まれまして、先生に言われたこともあり、とても良く考えましたが、宇宙より広いものは無いので、駆馬と書いてかるま、にしました」とご報告を受けた。

元々、私は、雑談を得意とする方ではなかった。むしろ、人と話すのが苦手な子どもだった。幼稚園の時は、自由時間になると、園の裏庭の垣根の隙間に、園庭に背中を向けてはまっているのが好きだった。好きというか、そうでないと、どこにどんな顔をして居たら良いのか、分からなかった。

節分の日に、いつもは自由時間であるはずの時間に先生方が人数を数え始めた。「一人足りない」と大騒ぎになり始めているのがなんとなく分かり、出なくては、とは思ったけれど、今出てしまうと、これから先、この穴が私のもの、私だけのものにはならないのではないかとの不安が強く、先生方が近くにいる間は、出ることが出来なかった。先生方が、「点呼するから、並んでください」と言いながら園庭の真ん中に集まり始めてから、そっと出て、列に並んだ。

元々そんな風に、一人で音もたてず蟻を眺めたり、垣根の葉や根を眺めている方が好きだったことに加え、その後は数年ごとに引っ越しをしていたので、どのように人の輪に入れば良いのか分からないままに、育った。小学生になってからも、それぞれの学校で、視聴覚準備室や第二図書室、非常階段の脇の物置部屋、というような、垣根の穴と似たような、静かで、誰も来ない場所、を見つけては、静かに座って時を過ごしていた。

今でも、患者様が帰った後は、診察室のドアを閉めて、静かにカルテを書いていることが多い。一人静かに、色々な資料を読み込みながら考えている時が一番、落ち着いているかもしれない。

人と話す時に、緊張で言葉が詰まることがあるのは、当たり前のことだと思っていた。吃音、という名前を付けられた、疾患のようなものだなんて、考えたことも無いほど当たり前に、慣れない人と言葉を発する時は、言葉は躓いてしまう。

けれど。医師をしていると、この、一見も二見も無駄に感じる無駄話、が、意外に功を奏することがあるように思う。例えば、先日の二四男さんも、素敵なお名前なので、他のご兄弟のお名前もお聞きしてみたら、それぞれのご兄弟の性格の話にもつながり、さらに、「みんな同じ病気にかかっていてさ」と仰るので、念の為にその疾患に特異的な血液検査をしてみたら、二四男さんにも同じ病気の兆候があり、早期発見・早期治療が出来たりもした。

やはり、雑談も必要だと思いながらも、でも今は不要かもしれないと悩みながら言葉を発すると、吃音が出そうにもなり、慌てて会話を切り上げることもある。不思議と、雑談ではない会話では、吃音は出ない。診断や治療には、規定や根拠があり、話す内容に、あまり迷いがないからかもしれない。個人的な内容の会話となると、同じ相手とでも吃音が出てしまうくせに、医療の内容となると言葉が自然と詰まらない自分は、虎の威を借る狐、だなと思う。医学という系統だった思考の後ろ盾を得て、見るからに役割のありそうなスクラブを着て白衣を着ると、私は居場所を与えられたように、少し、強くなる。

同姓同名の方の混乱を防ぐ為に、生年月日まで確認する潮流が他院でも進んでいるからなのか、お名前をお聞きすると、生年月日まで言ってくださる患者様が多くなってきた。それも、また、楽しみでもある。

誕生日占い、などの本も好きな少女だった私の妄想かもしれないけれど、誕生日や誕生月によって、病気への捉え方、悩み方が違うようにも思える。無論まず、患者さんとお話をしながら、探りながらではあるが、例えば、冬生まれの人には、考え過ぎないように、春生まれの方には、少し注意するように、とお話ししてみると、話が合うことが多いように思ったりもする。

クリスマスやお正月付近が誕生日の人には、「お祝いを一緒にされてしまいませんでした？」

などと話し掛けやすくもあるし、その質問に、「休みで友達に会えなくて祝って貰えないのが悲しかったですよ」と言う方も居れば、「必ず休めて良かったです」という方も居て、社交的な方なのか、静かにすることを好まれるのか、知るきっかけの一つにもなる。

小さな一つの会話から、相手の生活や希望を知ることが出来る、と知ったのは、半年ほど前に出会った、その人、のお陰でもある。

患者様にお名前を言っていただくことで、患者様の望む声のトーンも分かるようになった。大きめの声でゆっくり、なのか、外に聞こえないようにこっそり、なのか。そして、お名前を丁寧に、生年月日まで、言葉を選ぶように仰るのか。苗字だけをぶっきらぼうに、投げるように仰るのか。「名前だけ、で良いのですか?」と、丁寧に確認してから答えてくださるのかによって、急いで要所だけ話した方が良いのか、ゆっくりと落ち着いてお話をして良いのか、少し分かるようにもなったと思う。

自分らしい声の出し方、話し方、が未だによく分からずに定まらない私は、患者さんに合わせて話すことが出来るようになって、とても楽になった。

変化に伴う学びといえば。私は、三か月ほど前に引っ越しをした。その人、と出会うきっかけでもあった。

三か月前までは、病院の官舎を借りていた。官舎は敷地内にあり、通勤時間は五分もかからず、院内ＰＨＳの電波も届くので、時間があれば部屋に戻って洗濯機を回すことも出来、とても便利だった。

けれど非番の日も救急車の音で緊張して眠れなくなってしまったのと、何となく気になる、というあいまいな理由だけでもついつい患者さんを診に病院に行ってしまい、そのついでに救急車の受け入れを手伝ってしまって、家に帰れなくなる、という日々が続き、このままではいけない、という気がしていた。

休日に思い切って不動産屋を訪れ、少し遠くに家を借りることにしたのだ。


今の家は、医大生の頃から大好きな、県立美術館の庭の近くにある。

職場からは、渋滞が無くても二十分ほどかかってしまう。雨やイベントなどで、渋滞が起きると、一時間近くかかってしまったこともある。

ただ、工事や渋滞で、普段とは違う道を選んで通勤する時などにも、学びは多い。この付近は、朝七時にこんなに渋滞するのか、ということは、この地域は、きっと、電車通学するような年齢の子どもと、その送迎をしている親が多いのだろうな、とか。あの患者様が通院している他科の病院はここだったのか、と見つけることもある。この病院は、第二駐車場があるから、比較的患者さんが多いのだろうかとか、駐車場の入り口が広く、案内板が分かりやすいから、患者さん思いの病院だろうなとか。逆に、少しひっそりと奥まった病院を見つけては、ゆっくりとお話を聞きながら、家族か遠い親戚のように診察しているのかなと、想像したりもする。

想定外の渋滞で、数分ではあれど遅刻した時には、官舎がせっかくあるのに、と自責の念に駆られたけれど、それからは、出勤予定の一時間前に家を出ることにしたら、解決した。比較的真っ直ぐな通勤路は、気持ちを切り替えるのにも、とても役に立っていると思う。

私の居場所。私が居る場所。私が、好きな場所。そんな風に思えるようになったのは、ここが、この家が、初めてな気がする。

山梨に来たのは、十年ほど前だ。その前には、都内に住んでいた。その前は、数年と待たずに、引っ越しを繰り返しながら暮らしていた。

母と父は、私が物心ついた頃には別居していた。母と父、また、その両親の家を、私は、お手玉の玉のように転々として過ごした。受け手が無く落ちることがないように。でも、それほど長くは、保持しないように。皆がそれぞれに気遣い、私を受け取っては、渡しているようだった。私の前で、誰が引き取るかと揉めることは無かったけれど、あまり長くは居られないという雰囲気は、どの家に居ても感じていた。

とても小さな頃は、引っ越ししたらもう、そこに落ち着けるのだと思っていたように思う。けれど、小学校中学年の頃には、また遠くない未来に越すのだろうと、必要なものしか荷を解かなくもなっていたし、あまり荷物を増やさないように心がけるようにもなっていた。

私が二十歳になった時に両親は離婚し、それぞれ再婚した。私の親権の問題があるから、私が二十歳になるのを待っていたのだと知って、知らぬところでも負担をかけていたのかと、申し訳なくもなった。

「都内の一人暮らし、憧れていたから」と、強がって一人暮らしを始めたものの、東京の家賃と物価に、嫌気がさした。さりとて、「一人で暮らすよ」と言った時の、両親のほっとした顔を思い出すと、どちらにも「やっぱり、一緒に暮らしてもいいかな」とは、言えなかった。

大学卒業までは、両親からそれぞれに仕送りを貰っていたが、新しい子どもが生まれたり、新しい家を買ったりしている両親のすねを、いつまでも齧っていてはいけないとは感じた。だから、卒業前に、東京の生活を保持できる会社に就職を決めることは、必須だった。何十社とエントリーシートを出し、十何社の面接試験や筆記試験を受け、足場を固めた。

けれど。固めたはずの足場は、心地が良いものとも言えなかった。配属された丸の内の支社は、新卒正社員の私の他は、数年働いているベテラン派遣社員の三人の女性と、前年から配属された正社員の男性が一人だった。

三人の女性の先輩は、私に直接話し掛けてくることはほとんど無かった。私も、どう話し掛けて良いのか分からなかったし、何となく疎外感を感じて、自分から声を掛けることが出来なかった。それが、生意気な態度に映ってしまったのか、「良い大学を出ている人って、何か生意気だよね」「まだ稼ぎも無いのに、名刺入れが高そうなのって、どうなのかね」などと、もしかしたら私のことなのかもしれないけれど、どう反応して良いのか分からないような会話を、先輩方が時々するようになった。私に聞こえるように話しているのか、判断がつかない程度の声量だったので、聞こえないふりをすることで自分を取り繕った。けれど、内定を貰ってから、何軒も何軒も回って、奮発して買った革製の名刺入れは、社会人としての心強い励ましになるどころか、持っていてはいけないもののように感じるようになり、百均でシンプルなアルミ製のものを買い直した。昼休憩も、自分からは言い出せずに、昼休み無しで夜まで働き、疲れ果てて帰る家は、家賃の兼ね合いで乗り換えが必要なほど遠い場所になってしまったので、帰宅時には靴を脱ぐのも億劫なほど疲れ果てている生活は、半永久的に続けられるとは思えなかった。

「それで、出来ているつもりなんですか？」「コピー、遅くないですか？」。頼りになるはずの、唯一の正社員仲間であるはずの男性上司も、先輩方にお菓子などを差し入れしているのとは対照的に、私に対する言葉はほとんどいつも同じで、口調もきついように思えた。

「頑張っています。最速でしているつもりです。無駄な時間は使っていないです。休憩も全く取れていません。それでも、私の作業は遅いですか？　これ以上は無理です。もう、生きる資格がない、と、仰りたいんですか？」

初めて、上司に自分から掛けた言葉だ。それまでは、掛けられる言葉に頷いたりするくらいしか、出来ないでいた。「女房の実家は老舗の和菓子屋だから、私はそのうち、仕事を辞めないといけないのだが」と頻繁に口にする上司は、発言に掴みどころが無く、何と答えて良いのか分からない言葉を宙に投げていた。新人の私にはそもそも興味も無いようで、どちらかと言えば、話し掛けられることを拒絶するような雰囲気だと、私には感じられ、話し掛けたことは無かった。

初めて、上司の目を見て自分から発した言葉が、後半は特に脈絡の無い極論になっているのは自覚しながら、もう、その極論に達するしかないくらい、何をしても、息をしても責められているような、追い込まれた気持ちだった。

大型のコピー機とシュレッダーだけがある、もともとは倉庫の、私専用のようになった作業室にふらりと来た上司に、

「まだコピーしてるの？　たったの百部なのに、そんなに時間ってかかるんだっけ？」

と言われた私は、はじめは黙り込んでいた。

畳み掛けるように、

「そもそも、あなた、今日来てから、何したの？」

と言われた。朝八時だった。

就職活動時に提示された勤務時間は、九時から五時のはずだった。それが、出勤時間は早く、退勤時間は遅くなり続けていた。そして、朝八時に、「まだ仕事が終わっていないのか」と責められたのだと思えた。

私は、窮鼠猫を噛む、にはなり切れない、袋小路のネズミだったかもしれない。最大限の嫌味でもあった私の反撃発言の語尾は、「そんなこと言ってないじゃん」という、鼻を鳴らすような笑い声に消された。


翌朝、退職願、を提出した。

夜中に、就職試験の時に買ったビジネス書で、退職願の書き方を調べながら、書いた。就職試験の次に開くのが、退職願の書き方だとは、買った時には思っていなかったなと、切なく思った。

ドラマなどでは、「まあ」と、なかなか受け取ってもらえなかったり、「預からせてもらうが」と保留にして貰ったりする、つまりは、〝直ぐには処理しないから、少し考えなさい〟というニュアンスの返事をもらう話が多いが、「新しいスーツ、買っちゃったんだ」と言いながら出勤してきた、髪形も少し変わっていた上司は、少しカールした三センチほどの前髪を左右に指先で撫でつけて分けながら、「退職願、ではなくて、退職届、だけどね。ま、このまま、出すよ。きっと、書き直しになるだろうけどね」と、あざ笑うように言った。

日中のパソコン作業で疲れ果てた眠い目を擦りながら前日の深夜にめくったビジネス書では、退職願、を出し、処理されてから退職届を書く、とあった。でも、当時の私には、言い返す気力も無かった。

数日後、上司は、私をデスクに呼びつけ、眼を逸らして小さな声で、「退職願、で良かったみたいだから」と、いつでも少し尖らせているように見える厚い上唇をあまり動かさないまま、言った。「無事に処理されたみたいだから、本部から退職届が届いたら、書いて出して」

数日後に本部から、正式な退職届の記入書類が届いた。記入をし、晴れてと言うべきなのか、肩透かしを食うように、私の職業人生の第一幕は、二週間後には終わりを迎えることになった。

一生を、そのまま終えてしまいたい、とも思った。でも、そうしてしまうならば、貯金が尽きてからでも良いか、と思うことにした。

有給休暇も消化できるから、時間はある。

あんなに忙しく働いていたはずなのに、辞めたいと言えば直ぐに処理されてしまい、あんなに忙しくしていた私の仕事は何だったのだろうと、必要とされていなかったのかと、むなしくもなった。仕事が終わらない、休めない、と思い、休日も出勤していたのに、居なくなっても誰も困らないのか、休むことは出来たのか、と、切なくなった。

そのむなしさを多少は拭うようになのか、退職願を処理されたと報告された当日に躊躇いもなく出された求人広告への反応は直ぐにあり、「どの人にしようかね。やっぱり、四月を待ってとかより、直ぐに働きたい、と言う人の方が、やる気があって良いよね」という先輩方の会話は、視線がこちらに向けられているのに気が付いても、やはり、気が付かない振りをして仕事を続けるしか、対処の方法が分からなかった。

夕方には、数名の勤務希望者に電話を掛け、優しい声で翌日にもと面談日を決める先輩の声を、やはり、どのような顔で聞けば良いか分からず、下を向いて作業をしながら、聞こえない振りをするのが精いっぱいだった。

「新人は、誰よりも早く来て、電気を点けて、ゴミを捨てたりしてから先輩を待っているのが常識、というのは、やっぱり、言ってあげないと分からないのかな」「そういうの、言わないでも分かるのが当たり前だと思ってたけど、やっぱり、アルバイトもしないで、勉強ばっかりしていた人には、常識、が無いよね」「私たちは常識だと思っていることも、いちいち、言わないと分からないのかもだよね。新人が居るはずなのに、朝電気を点けなくちゃいけないとか、想定外だけどね」等、先輩方に、〝聞こえる会話〟をされてから、帰宅も、先輩方より早くは出来なくなっていた。

先輩方より早く出勤しなければならないのと同様に、帰宅も最後にして、電気を消すのは、新人である私の仕事なのかなと、思ったからだ。

実際、「お先に失礼します」と言うと、「え、先輩が仕事しているのに帰るの？　『何かお手伝い出来ることはありますか？』と聞くものよ」と言われたこともあった。

その日は、珍しく母が遊びに来てくれる予定だった。九時を過ぎた辺りで、半泣きで、何度目かの「お手伝い出来ることはありますか」と言った私に先輩は、「別にね、いじめてるわけじゃなくて、私は、仕事の常識を教えてあげてるの」と、仰った。「ありがとうございます」としか言えずにいる私のデスクの下の鞄から、携帯電話の着信音が響いた。「出なくていいの？　誰からなの？」と聞かれ。「母です。今日、母が、来てくれることになっていて」と消え入りそうな声で言った私に、先輩は、「そういうのなら、早く言ってくれれば良かったのに。お母さん待たせちゃ駄目じゃない。早く帰りなよ」と、不気味なほどにっこりと笑い、私の背中を押してくれた。

　駅前で待っていた母に、

「待たせてごめんね」

と半泣きで駆け寄ると、

「あんまり遅いから、どんどんお店も閉まっていくから、もしかしたら、約束しているのを忘れて、帰宅しちゃっているのかなと思って、電話しちゃって、ごめんね」

と言ってくれた。

「毎日、こんなに遅いの？　大変ね」

とも。

「ごめんね。せっかく、東京に来てくれたのに、遅くまで待たせて」

と言うと、

「大丈夫。きっと遅いかなと思ったし、仕事が終わったら連絡くれるだろうと思ったから、好き勝手に歩いたの。さっき、閉まるところだったから、美味しそうなお弁当屋さんのお惣菜も沢山買っちゃった」

大きな紙袋を顔の横まで持ち上げて、母はにっこりと笑ってくれた。

「もし、どこかで一緒に食べられるなら、これは、明日の朝御飯か夕御飯にでもしたらいいかな、と思って」

微笑んでくれている母に、小さな子どものようにしがみついて泣きたいような気持ちを抑え、

「ありがとう。お腹空いたよね。ごめんね」

と言うと、

「実はね、早めに来て、喫茶店でパフェ食べちゃってたから、大丈夫」

と母はまた、笑ってくれた。

「東京、一人で満喫しちゃって、こちらこそごめんね」

私に人が笑顔を向けてくれたのは、本当に久しぶりだと、感じて、涙が滲んだ。

コンビニで甘いお酒を二本買い、母は私の小さなアパートに泊まってくれた。翌日私が出勤してから眠らせて貰うからと、母は長座布団に眠った。同じ枕でなければ眠れない私とは対照的な、湯船ですらついつい眠ってしまうという母の、豪快な鼾を聞きながら、何故か結局溢れ出した涙が止まらず、翌朝は目が腫れてしまっていた。お酒のせいだと言ったけれど、母は、

「無理しすぎないでね」と言ってくれた。

通勤もあと三日なのだと気が付いた日、思い切って、久しぶりに、「お先に失礼します」と切り出し、先輩方の返事を待たずに、外に出た。

何か言われたら応える自信が無かったので、机の下で帰宅の準備をこっそり進めておき、「お先に失礼します」の言葉と同時に深々と頭を下げ、心の中で何度もシミュレーションした通りに、出口までは顔を上げずに、速足で外に出た。

昼間から開いているお店がまだ開いていて、町の色合いが深夜とは違い、迷子になりそうだった。なんだか夢の中に居るような不思議な気持ちにさえなった。

疲れ果てる前に帰宅し、湯船に湯を張ってお風呂に入るのは、とても久しぶりだった。就職が決まってから家探しをした時、せっかく社会人になるのだからと、家賃と引き換えでも、湯船がある家を選んだのに、数えるほどしか湯を張っていなかった。私は何を選択し、何を捨ててしまって、暮らしていたのだろうとむなしくもなった。

せっかく東京に暮らしながら、勤めながら、全く東京を散策すらしていないと、改めて気が付いた。母が買ってくれたお惣菜以外は、地元にもあった珈琲チェーン店のホットドッグしか食べていないことにも気が付き、有給休暇の一日目は、路地の二階にあるガラス張りのお洒落なパスタ屋さんに入ってみることにした。

不安感だけでひたすら受け続けた就職試験。野望や夢などは特になく、ただ、東京で一人暮らしをすることを考えると、経済的な不安感が強かったから、企業選びの最優先順位は、給与が高いこと、としていた。そのせいもあり、新卒の割には貯蓄はあった。けれど、東京のレストラン、が、どの程度の値段のするものか分からず、パスタのみのお店ならきっと、そこまでの高額にはならないだろう、という、消極的な選択だった。
ガラス張りのテーブル席から、外が見えた。当たり前のことなのに、一瞬息が止まり、その後無意識に息を大きく吸い込むほど、不思議な体験に思えた。ただ外を見る、なんていうことが、全く無くなっていた半年だったと、吸い込んだ息を吐きながら、気が付いた。

医療事務の資格を取得して貰うのがメインの会社で、介護資格の講座も始めたばかりだった。そのせいでの、新卒採用枠だったのだと思う。新しい講座が始まる直前に、体験講習の為にリストウエイトが急遽必要になることなどもあり、言われるままにスポーツ用品店に買い出しに行くようなこともあったけれど、生真面目な私は、先輩方に、「ちょっと帰りが遅かったよね」などと言われてしまうのが怖くて、脇目も振らずに買い出しに走り、喉の渇きやトイレさえ、我慢し過ぎて感覚が麻痺するような日々だった。

二階席の窓の外には、空も広がっていた。広がっている空は、お世辞にも透けるような青、とは程遠くて、灰色というか、白味がかっていて、不思議な色だった。幼稚園の時、引っ越した先の幼稚園で新しく貰った水彩絵の具のセットに入っていた〝空色〟を思い出した。不気味なほど均一なその色を、当時静岡に住んでいた私は、空の色として使う気にはなれなかった。けれど、東京の空は、いつもあの色なのかもしれない。

（今度は、少し、空の綺麗なところで、暮らそうかな）。お腹が満たされ、明るい光の中でデザートを待ちながらのんびりしていたら、ここに居られなくても、〝ここじゃないどこか〟で、暮らす、と考えるエネルギーが、どこからか、湧く、と言うほどではないけれど、ほんのりと、燈るのを感じた。

お皿はとても綺麗だけれど、セットの小さなケーキは可愛くて儚く、珈琲も薫りが強くおいしくはあったけれど、その為にここに残りたい、というほどの魅力は感じなかった。生きるエネルギーをくれるのは、生きるために足を踏ん張って立ち続けられるのは、ここではない、という感じがした。何か、決定的な、必要なものが、欠けている気がした。

会計を済ませて外に出ても、まだ空は明るかった。それが、やはり、とても不思議な感じがした。

いつも通り過ぎる時は、シャッターが閉まっているか、蛍の光が流れているせいで入るのを躊躇っていた本屋が、面食らうほど開放的に開いていた。

昔は本が好きだった。そんなことも忘れていた。本屋の前を通る時も、いつでも何だか、箒で掃き出されるように急いで歩いてばかりだったなと、つい数日前までの自分を、だんだんと別の人間のように感じながら思い出した。知らぬ間に私は、皮だけが分厚くなって、中身は吸い取られたか干からびたかしたような、中身の無い重い抜け殻のようになっていた。自分らしさ、や、ゆとり、には、近づいてはいけないような、自罰にも陥っていたように思う。


本屋に入ると、入り口のカウンターにセンター試験予想問題パックが置いてあった。高密度のセロファンで包まれているせいなのか、真上にＬＥＤライトがあるせいなのか、そこだけ光を浴びたように、浮き立って見えた。

高校時代、私が、自分に自信を持てたのは、これだけだった。チェック方式の、ひねりの少ない問題。迷っても、どれかは必ず正解で、数個の選択肢の中の、正しい一つを選べれば、正解、と丸を付けて貰えるのだと思うと、何だかとても安心で、落ち着いていたのを思い出した。

目立って特徴も無い私だけれど、得点のランキングや、合否判定では、人に認めて貰えるような、自分の立ち位置を教えてもらえるような、安心感を覚えていた。筆記試験では、合っているのか合っていないのか、自己採点をしても判断できず、自信が持てないことも多く、不安だったけれど、マークシートの試験は好きだった。

〝自分探しの旅〟を掲げた私立高校でも、私は自分が探せなかった。居場所が無いと、いつも不安だった。〝自分探しの旅〟の答えが出る訳ではないのが分かりながら、いや、むしろ、それを考える時間を潰していくように、必死で、ただ、参考書の中に逃げ込むように、勉強をしていた。


何をしたらいいのか、どうしたらよいのか、自分は何者なのか、答えが出てすっきりしていたことなんて、一度も無かったかもしれないけれど。その中でもとりわけ、職を失うことになった私は、高校生の時以上に、自分を見失っている気がして、藁にもすがる思いで、センター試験予想問題パックを買った。

帰宅して、休憩時間も取らず、夢中で解いた。これが正しい、と思える感覚は久しぶりで、私を安心させてくれたから、夢中になって、全教科解いた。自己採点してみると、五年近いブランクがあるとは思えないほど、正答率が高かった。

超難関大学、国立医学部、の合格圏内に入っていた。


高校二年生の時、表面張力で何とか保っていた水が何とも分からぬ刺激でコップから溢れるように、自殺未遂をしてしまった。

誰かが系統立てて作ってくれた考え方に逃げ込むように勉強ばかりしていた私は、夜も〝この瞬間にも、勉強をしている子がいるのかもしれない。私が休んでいる間にも、その子に抜かされてしまう〟と思うと不安で、夜も眠れなくなっていた。寝不足が続き、不安感は増していた。幼少期にも引っ越しが多かったからというのは言い訳で、元々の性質かもしれないけれど、人と話すのが苦手な私は、胸の内の不安感を誰かに話すことも出来ず、不安が重なり続け、食事も上手く飲み込めなくなっていた。

意識が戻った時には隣に母が居て、「目が覚めてくれさえしたら、意思疎通が出来なくなっていても、自分で唾も飲み込めなくなっていても、大切に大切にする。だから目を開けて」と願っていたのだと、額を撫でてくれた。「息だけしていてくれればいい。身体が温かければ、後は何でもいい」と抱きしめてくれた。「どうして」という言葉は、飲み込んで、母の手のひらの温かさを感じることに集中した。

数日後、母が当時一人で住んでいた家に退院した。それまで、私は、母の両親の家で暮らしていたのだけれど、母と母の両親で相談は済んでいたのか、既に母の家に、私の生活必需品は揃っていた。

母は食事を作る後ろ姿のまま、唐突に、

「もしも、どうしても死にたくなったなら、止めない。だけど、絶対に、教えて」と言った。

続く言葉は涙をのみ鼻水を啜りながらだったので、はっきりと聞き取れなかった。

親より先に死んで、それも自殺をしてしまったら、地獄に行くかもしれない、自分の子が地獄で苦しむなんて辛すぎる、未知の世界で守ってあげられるかは分からないけれど、せめて一緒に行き、傍に居てあげたい、と言葉を絞り出してくれた。

母は死後の世界を信じていたのかと驚いた。どんなことに対しても、科学的な考え方をする、どちらかと言えば冷たく感じるほどの冷静な人だと思っていたから。

でも、私が眠っていたという三日間に、母は、考えうる限りのことを考え、その中に、幼少期に聞いた死後の世界のことなども想像していたのかもしれないと考え至り、申し訳なく、「ありがとう」とだけ言った。

母より先に死ぬことが、母をそんなに苦しめることなのだと知って、私の中での死へのハードルが、格段と高くなった。

母から学校には連絡がいっていたのか、登校初日は、十時からカウンセラーとのお話をするようにと言われ、保健室の隣の小さな部屋で、髪の毛も服も同じような灰色で、眼も眼鏡も鼻も丸い小柄なおじさんに、「ただ、生きていればいいんですよ」と、繰り返し唱えられた。声楽家を目指したこともあったのかもしれないなと勝手に想像するような、柔らかさを自在に表現できる、と打ち出すような、安定した発声で、ひたすら、唱えるように、繰り返された。「何故」という言葉は、やっぱり、胸の内から取り出すことが出来なかった。

翌日からは、クラスに戻った。クラスメイトは誰も、担任も何も、聞いてもこなかったし、特別な声を掛けてもこなくて、拍子抜けするように安堵した。

翌々日、生物の授業があった。チャイムが鳴るより先に、先生がぱたんと音を立てて教科書を閉じた。あまりないことだったので、私を含めた数人が、鉛筆を動かす手を止めて先生を見つめた。

「皆さんは、有性生物です」

その日の授業は、確か、有機物の分解の単元だった。関連の無い発言、ゆっくりと、言葉を選びながらといった口調から、突然の授業の中断なのだと、残りの生徒も徐々に気が付き、ノートを書く手を止め、ほとんど全員が、顔を上げた。

いつもは少しおちゃらけた雰囲気の先生の真面目な顔に、生徒たちの鉛筆を動かす音も全く無くなっていた。

「雌雄異体の有性生物は、二個体の受精をもって、子孫を残すことが出来ます。有性生物として生まれたからには、二人以上の子孫を残して初めて、義務を果たしたことになります。無論、何らかの理由で子どもを授かることが出来ない場合もあります。その場合は、同種の、つまりヒトが、子孫を産み育てるのに役に立つ何らかの仕事をすることが、義務になります。それでは、今日は、これで生物の授業を終わりにします」

チャイムを待たずに授業を終了した先生が、チョークを箱に仕舞い出席簿と教科書を脇に挟むと、日直が慌てて、「きをつけ、礼」と号令をかけた。

普段であれば、先生方は、チャイムの音で慌てて授業を切り上げる。きりが悪いところであれば、慌てて黒板に書き加えたりした。生徒も慌てて板書を写したり、次の授業の準備をしたりして、騒がしい。チョークの箱を閉じる音が聞こえた授業の終わりは高校生活の中でも多分、最初で最後で、妙な静けさとともに、先生の言葉は、私の耳に残った。

当時の私には、自分が妊娠出産することは想像できなかった。生きている意義を、見つけられもしないのに、新たな生物を作り出すなんて、怖いと思った。「何故、生きていなければならないの」と、私も幾度となく自分に問うては、答えの出ない質問をされたら、何と答えて良いか分からないとも思った。

〝生物としての義務〟を果たすためには、医師になろうかと、ぼんやり考えた。

〝生まれ落ちた瞬間から、生きていることだけで発生する、生命の義務がある〟という考え方は、私にささやかな安らぎを与えてくれた。「こんな私が生きていても良いのか」という、底なし沼のような思考から逃げようと、ひたすら勉強をするくらいしか出来ずにいた私には、〝生まれたからには果たさなければならない義務がある〟と言って貰えることは、〝生きていても良い〟と言って貰えるのとほとんど同義で、ただ唯一の救いにも思えた。

その日から、ほんの少し、生きるのが楽になった気がした。

その後も必死で勉強したのに、部活動をしていた生徒たちが受験勉強に本腰を入れだした途端に、唯一の拠り所だった試験の順位は下がり続けた。下がっていくことが怖すぎて、落ちることが怖すぎて、私は、医学部の受験を諦めた。もしかしたら、踏ん張って勉強を続ければ、ゼロではない可能性があったのに、勉強が唯一の自信の拠り所だったからこそ、否定されたら自分を支え切れる自信が無くて、怖くて、逃げ出した。

試験に落ちたら、満足できる点数を取れなかったら、自分の存在否定と直結するような恐怖感から、点数が明らかになるセンター試験は、願書を出すことすら出来なかった。土俵に立たないことを選択することで、負けることを回避しようとした。

そのくせ、順位は本当は落ち止まったかもしれない、受けたら受かったかもしれない、という気持ちはどこかにあり、それが心の支えでもあり、トラウマでもあった。就職先の先輩方に指摘された、生意気さ、にも繋がっていたかもしれない。医療もののドラマは気になるのに、そのくせ観ることも出来ないという、捻れた感情も、消えないままだった。

受けてみよう。医学部を、受験してみよう。駄目だとしても、誰にも知られない。無かったことにすればいい。あと三か月、必死で、後悔が無いくらい、勉強をしてみよう。そして、〝もし〟といつまでも考えてしまうことがある心の隙間を、すっきりさせてしまおう。

せっかく社会人になれたのに。沢山の企業を調べて、スーツを着て、エントリーシートを書いて、電車に乗ったり、靴擦れに絆創膏を貼りながら歩いて、面接を何度も受けて、筆記試験も受けて、やっと就職したのに、少し高い化粧品も買ったのに、一つ目を使い切ってさえいないのに。一応は社会人として社会に出ることがやっと出来て、給与を貰う代わりに、人の役に立てるはずだったのに。〝出来なかったこと〟がありすぎる自分を、どうしたら良いのか分からなくて、禊をするように、何かに打ち込みたいという気持ちもあった。

試験までの時間は、短かった。それが、むしろ、自分を追い込み、迷わせない為には、丁度よかったと思う。社会人たるもの、と、毎日シャンプーをしてトリートメントをして、化粧をして、磨いた靴を履いて出る、というある意味規則正しかった半年間とは真逆に、痒くなるまで風呂にも入らず、ひたすら、耐えがたく眠くなるまで勉強を続けた。最後は、一日がいつ始まっていつ終わったのか、何日過ぎたのか分からないような追い込みの一か月を過ごした。外出先は、本屋とコンビニだけだった。

安定して脳に糖分を提供する為、休憩時間毎に一つか二つずつ食べようと、コンビニのおにぎりを八個買いこんで、センター試験の会場に入った。制服を着てクラスメイト達と来ている高校生達の中で、ニキビだらけになった年上の私は少し浮いていたけれど、慣れない化粧をして、薄ら笑いを浮かべながら、先輩方の会話に気が付かないふりをしていた時より、ずっと自分らしい、と思えた。ここに居て良い、という確かな自信は無かったけれど、ここに来たのだ、自分で選択して、ここにいるのだ、という確かな感覚はあった。

逃げずに、試験会場まで来た自分を、少しだけ、好きになれた。

センター試験の結果は想像以上に良かった。かつて受けようと思っていた都内の大学の赤本は往生際も悪く捨てていなかったし、足切りラインよりかなり良い点数を取れていたから、受けてしまうことも出来るとも思ったけれど。もう、東京への憧れもほとんど無く、家賃と参考書代で貯金もほとんど消えて、生活としても背水の陣だった私は、自分の得意科目などと照らし合わせると比較的手堅いと思える、山梨大学を、受けることにした。昔、家族で、山梨県でキャンプをした時に、空がとても綺麗だったことを思い出したこともある。都内から一本の電車で、無理なく受験に向かえることも、背中を押してくれているように思えた。群馬の母の実家と、静岡の父の実家の、真ん中でもある。

〝空が綺麗なところで、生物としての、義務を果たす〟ことが、自分に課してみた、夢、になっていた。そしてそれが、少しだけ現実味を帯びてきた。

二次試験までの間も、栄養バランス飲料やビスケットのみを胃袋に入れながら、いつ眠っているのか、風呂に入ったのは何日前なのか、自分でも把握出来ないくらい勉強し、合格することが出来た。

比較的自由に学ぶ内容を選べた前大学とは違い、系統立てて、〝人体を理解する〟という目標に向かって組み立てられた医学部の授業は、とても面白かった。学ぶことから離れた時期があったからこそ、学ぶということが、当たり前ではない恵みだと、分かったからかもしれない。段階を踏みながら継続して系統的に、六年間でぴったりと組み込まれたカリキュラムは、六年同じ場所に居ることを保証してくれるようで、嬉しくもなった。

二度目のアパートの更新で、人生の中で一番長く継続して住んでいるのは、山梨になったのだと気が付いた。

研修医時代には、自分の判断だけでは何も出来ないとはいえ、命を剥き出しにしている患者様の前に自分が直接立つ、という責任感と恐怖心に、手が震えることも、研修医室に戻って泣くことも、眠れぬまま朝を待つことも、沢山あった。

自分の何倍もの人生を生きてきた人に、余命を告げることは、胃がひっくり返るかと思うほどの緊張を伴った。「あと何か月、生きられるんですか」という問いに、「個人差は大きいので」と言葉を濁しながら、逃げ出してしまいたいことも何度もあった。「もう死にたいんです」と泣いている方の手首の傷を縫うことは、本当に良いことなのか、自分でも分からなくなったりもした。「続けてください」と泣く親族の前で、人工呼吸を止めるのは躊躇われた。「肋骨が、ほとんど折れてしまいました。これ以上は、内臓を損傷してしまうばかりかと思われます」と言っても「それでも、お願いします」と言われると、何が正しいのか分からなくもなった。雨の日の交通事故などで、内臓が破裂してしまった患者さんに、「助けて」と言われながら、自分が「助けて」と泣き出したいときもあった。院内に居るのに、「救急車を呼んでください」と叫びたくなることもあった。

でも、〝逃げない〟と思うことで、少しずつ、自分を好きになれている、許せるようになれている、という実感があった。

逃げたい、逃げ出したい、と思う時、気が付くと私は、木の根を見ていた。幼稚園の時に、自由時間に垣根の根を見ていたように。

夏は暑く、冬は寒い気候の中で、溢れるほどの果物を実らせる山梨の木々の根は複雑で、その根が必死で支えている幹を見たくなって視線を上げ、滑らかな幹を眺めた。気が付けば枝の隙間から続く青い空を見ている自分に気が付いた。

対処の仕方、答え方、気持ちの逃がし方を少しずつ覚え、逃げ出したい、と思うことが少しずつ減り、木々を見ると、自然と視線は、花や葉や実につられて初めから上がっていることも増えた。不思議に思うほど、零れるほどに花を咲かせている枝や、溢れるほどの果物を実らせたりする枝の先には、大抵いつも、抜けるような透き通る青い空があり、言葉と同じように頻回に細かく躓いて進まない私の思考を、するりと消すようだった。

夕暮れの、時に不気味なほどオレンジやピンクや水色を見せながら、濃紺に紫に染まりゆく姿にも、眼を奪われた。自分が何者なのか、とか、ここに居て良いのか、などと、考える暇が無くなるほどに。

どの色も美しく、留まらずに変わり続ける空の色を、一人で見ているだけでは勿体ないような気がして、携帯電話のカメラのレンズを空に向ける。少しでも本物の空の美しさが分かるように切り取れるようにと夢中になる内に、空は青味を増し、その色にも魅せられる。

少し前まで、こうして撮った写真を、ある人に送っていた。いや、その人に見せたくて、写真を撮ることが、癖のようになったのかもしれない。

〝素敵な写真ですね。植物がお好きなんですね〟という書き出しでメールが来るのが嬉しくて、どうしたら素敵な写真、になるだろうかと試行錯誤してしまう癖も、その時についたのだと思う。

「ずっといると、仕事がまた増えますよ」と、事務の方に声を掛けてもらい、病院を出た。皆が帰る最後まで居なくても、また、明日仕事に来ることを、当たり前に待っていて貰える今の職場が、とても有難い。

小雨かと思うほどの細かな黄色の細い葉が、メタセコイアの街路樹から、降っている。

少し前には、桜や花水木の葉の赤さを、美しさを、赤信号で止まっては、写真を撮った。夏には濃い緑が青い空を突くようだった銀杏並木から、黄色い葉が青空の中に舞う姿にもカメラを向けた。

あの頃毎日、送っていた相手、今も本当は、メールを送りたい人の笑顔が、携帯の画面に溶け込むように、脳裏に浮かんだ。

メタセコイアの、針のような小さな葉は、写真には撮れないだろう。その向こうに浮かぶ、透き通るような、切りたての爪のような細い月も、きっと写真では、小さな点のようにしか、写らないだろう。それに、もう、写真を送る必要は無い。

あの頃はいつでも手元に持っていた携帯電話は、今は鞄の中だ。

いつでも抱きしめて大切にしていたぬいぐるみを、忘れて出かけられるようになってしまった時のような罪悪感から、携帯電話を取り出した。


数か月前の満月がとても綺麗だった日。クレーターまではっきりと見える大きな満月を写したくて、この道で、この赤信号で、携帯のカメラを構えた。けれど、画面に映る月はとても小さく、本物よりも強く感じる光は、形の分からない点にしか見えないくらいだった。写真に撮ることを諦め、

〝月が真ん丸です。大きいです〟

とショートメールを送った。

あの時は、

〝月を見るの、お好きですか？　では、やはり、北向きではない窓が、あると良いですね〟

と、返事が来た。

夏目漱石が、アイラブユーを、月が綺麗ですね、と訳した逸話があるという知識が邪魔をして、月が綺麗です、とは、あの時も今も、送れない自分が居る。意識をし過ぎているのではないかと、恥ずかしくも思うけれど。迷いながらも、

〝月が、爪みたいです〟

と、数か月間、綺麗だと思ったもの、好きだと感じたものを、感じるままに送り続けたショートメールの番号に、引っ越しをして以来初めて、送ってみた。


家に着いて携帯電話を見ると、ショートメールの青い四角の右上に、着信を知らせる①のサインが出ていた。開いてみると、先程送った番号から、

〝事務所から出て見てみましたが、残念ながら、ここからは見えません〟

と返信が来ていた。

荷物を置いて、玄関の外の空を見上げた。確かに、見えない。あんなに遠く高く、美しく見えたものが、場所や角度で、無いと思えるほど完全に見えないのは、不思議な気がした。

〝私の自宅からも、とりあえず玄関からは見えませんでした〟

と送ると、上着をハンガーに掛けている間に、

〝県立美術館の庭からは、見えるでしょうか〟と、返事が来た。

手を洗っている間に、もう一度、ポン、と、ショートメールを受信した音がした。

〝今、ちょうど、仕事を上がれるので、向かってみますね〟

とのメールが、来ていた。

何度となく、物件の内見の為にいただいた文言と少し似ているけれど、家を借りた後に、そして、月をとなると、どう返事をしたら良いのだろう。心臓が胸壁の中で音を立てて打つのが、うるさく感じるほどだ。携帯電話を握る手が湿ってくる。

本当は、盛りは過ぎたけれど、まだ赤い桜の木を、まだ葉の残る銀杏の木を、一緒に見たいと、昨日の夜も、今朝も思った。落ちてしまう葉を、恨めしく思うほどに。そして無論、今も思う。

〝私も、今から向かいます〟

洗った手で、リビングの中からカーテンを開けて空を見るよりも、今は外で、木々の中で、空を見上げたいと思った。小さな頃から、居場所がない、と、ずっと思っていたけれど。居場所は、自分で作るしかないものなのだと、自分で見つけるものだと、教えてくれた人と一緒に。「ここに居てもいいよ」と、誰かに言って貰うのを待つのではなく、自分がその場所に居ることに、自分が納得できる場所を、見つけるのだと、教えてくれた人と一緒に。

東京に決定的に足りなかったのは、私の日常に溶け込む、木々の根、なのかもしれないと、漠然と考えながら。

後期研修を終えて、地元密着型の市中病院に就職した。生活に根差した医療、というのが、私にはちょうど良いと思えた。最先端でも、研究でもなく、生活をそのまま続けられるようにする為に、寄り添う医療。仕事にもだんだんと慣れ、自分の診察室の椅子が、居場所だと感じられるようになって、あの時踏ん張って、受験をし直して良かったと、思えていた。

けれど、内臓破裂の患者さんを診た翌日から、救急車の音を聞くと、じっとりと全身に油のような冷や汗をかくようになった。病院の敷地内にある官舎に居ると、耳栓をしても救急車の音は聞こえる。幻聴かもしれないけれど、救急車の扉を開く音とともに、「助けて」「痛い」という患者さんの声が聞こえる気がして、震えが止まらなくなった。一週間ほど眠れない日が続き、〝引っ越そう〟と思った。眠れない日々が続き過ぎると、高校生の時と、同じことをしてしまう気がして、自分が怖かったから。せっかく手に入れかけた居場所を、守れなくなる気がしたから。

でも、どこに、引っ越せば良いのか分からなかった。東京に住んでいた頃のように、使わない湯船の為に高い家を借りたり、遠過ぎて帰宅時に疲れ果ててしまうのも、心配だと思った。

不動産屋、と検索し、数軒の不動産屋さんに、とりあえず電話をしてみた。

ご希望の物件、ご希望の地域、ご希望の家賃、全てに答えられない私に、「少しご希望が決まってから、ご来店ください」と、ほとんどの不動産屋さんが答えた。

その中で、その人は違った。

「そうですか。ご希望が、まだ、お決まりにならないのですね。では、とりあえず、こちらの事務所まで、お越し頂けますか？　お越し頂く方が、資料を一緒に検索して頂けますから」

と、淀みなく言った。

検索リスト一ページ目の一番下にあった会社だった。〝ここに電話してみて駄目だったら、もう、今日は諦めよう〟と思っていた。「すみません」と見えない相手に頭を下げながら切る電話を四件ほど繰り返した後で、私は、初めから、「すみません」と連呼しながら話しはじめた。けれど、その人は、私がもう一度、「すみません」と繰り返そうとするのを遮るように、温かい、けれども強い口調で、

「大丈夫です。必ずご希望の物件は見つかります」

と断言してくれた。

医師は、絶対、と、言ってはいけないのだと、医学生の時に教えられた。人体には、絶対、

は無いからと。医学において、患者さんに断言できることは一つもなく、断言してしまうことで起きるトラブルは数多くあると。

断言を避けて、大丈夫ですとは断言できずに、自分自身も不安の中で暮らしていた私には、その人の「大丈夫です」という言葉は、救いの手のように感じた。事務所の場所をお聞きして、電話を切る時には、玄関で靴を履いていた。

その人は、駐車場で待っていてくれた。声よりも何重にも優しそうな笑顔で、紺色のジャケットで、後ろに手を組んで。

「大丈夫です。必ず、ご希望のお家が見つかります。一緒に、条件を考えましょう」

緑色が基調の事務所で、その人はアンケート用紙を裏返しながら、

「お家って、生活だと思うんですよ」

と言った。

「突き詰めて考えてみると、絶対に、欲しい条件、って、あるんですよ。それが、物件の条件としては、思い浮かばないとしても」

その人が話すと、その言葉はそのまま事実のように感じられて、私は落ち着いた。

遠目に見ると少し切れ長に見える目は、近くで見ると笑い皺が下に数本出ているせいか、丸みを帯びて見えて、かわいらしくも感じた。

「何でも良いです。ほんとに、くだらないことでも。手を洗う時に、温かいお湯が出て欲しいとか、朝起きた時に太陽が顔に当たるとまぶしくて嫌だとか、ソファーを置きたいとか。本屋さんが近くにあったらいいとか、プールが近いのがいい、と仰る方も居ましたよ。お酒が買えるコンビニが近くに無いと、と仰る方も」

職業柄、少しは人と話すことに慣れたとはいえ、白衣を脱いでしまうと、まだ、人が傍に居るのが苦手で、休み時間には図書館かトイレの個室に駆け込んで籠もったりして時間を潰していた頃の自分からも抜け出せずにいた私は、自分からは言葉を発せずにいた。その人は、私が埋められないで罪悪感を感じそうになる隙間を埋めるように、どんどん言葉を紡いだ。

「大丈夫です。ゆっくりで。せっかくだから、この機会にじっくり、考えてみると良いですよ。気に入った家は、生活の基盤になります」

裏返しにして、書き込まれることを待ってくれていたアンケート用紙に、その日私は何も書き込むことは出来なかった。「すみません」と言おうとする私を遮るようにその人は、

「ショートメールでも、Gメールでも良いので、思いついたら、どんどん送ってください。僕が、ここに書き込みながら、ご希望に添えそうな物件を探していきますから」

アンケートをクリップしたボードに、指を揃えた掌を当てながら、本当に嬉しそうにその人は笑った。私も嬉しくなった。その気持ちを吸い上げるように、

「家を探すことは楽しいことですよ。好きを、詰め込める場所を見つけるんです。自分の居場所、自分の城です。基盤です。それを見つけるんだから、楽しくない訳がないですよ」

にっこりと笑うその人を見る度に、なんだか、楽しい嬉しいことを始めるんだという気持ちが、重なっていき、確かなものになっていくように、感じられてきた。

安心が心を満たし始めたら、私の口からも、言葉がこぼれた。

「眠りたいんです。ぐっすり。職場から少し離れたところが良いかなと思っているんです。救急車の音が聞こえない場所。でも、遠すぎたら大変なのかなって。それで、どの辺に住めば良いのかも、分からないんです」

「良いですね。とっても具体的じゃないですか。僕もご提案しやすくなります。どのくらいの場所なら、移動の負担が少ないのか、は、お仕事が終わってから寝るまでのお時間をお聞きしたりしていくと、少し具体的に出てくるかとも思います。運転がお好きか、とか、渋滞は大丈夫かとかにも、よるかもしれませんね。あとは、救急車の音って、どのくらいの範囲に聞こえるんでしょうかね。ちょっと、僕も調べてみますね」

その人は、嬉しそうに、アンケート用紙の裏に、〝ぐっすり眠れる場所。救急車の音があまりしない場所〟と、長い指と比べると小さく見える、サイズの揃った字で素早く書き込んだ。

「良いですね。見つかりそうな予感が凄くしてきましたよ」

紙から目を上げた顔には、眼の下に、縦に近いほどの笑い皺が数本並んでいた。

そして、

「本当に、何でも良いです。家にそのまま繋がりそうなことじゃなくても、大丈夫です。アンパンが好きとか、黄色が好きとか、服が好きとか、靴が好きとか。なんでも、一見関係なさそうでも、意外に、近道になったりしますから」

と言いながら、駐車場まで誘導してくれた。


官舎を一日でも早く出たい、と思って探し始めたのに、玄関を出る時には、もうここには戻らなくても良い、くらいの気持ちで、鍵を閉めたのに。その人と話してから官舎に帰った時には、腰を据えてゆっくり探しても良いかな、という気持ちになっていた。眠れないほどの恐怖心は、新しい生活を、欲しいことを絞り出すことに忙しくなった脳みその中で、少し影を潜めてくれ、その日はゆっくりと眠ることが出来た。

県立美術館の庭を散歩するのが好き。時間があれば、散歩したりして、少し身体を動かしたい。明るい場所が好き。暗い道は怖い。山梨の紅葉が好き。山梨は、花も都内よりも同じ種類でも大きくて色が濃いところが好き。富士山も好き。八ヶ岳も好き。登山をしたことはない。眺めるのが好き。冷たい水は嫌い。濡れるのが嫌い。……。〝わがまま〟だと押し殺していた、ちっぽけな感情を自分に許してみれば、好きなことと嫌いなことは、面白いくらいに出てきた。そして、自分が、好き、嫌い、と感じることは、好きなものを身近に置くことは、誰かを困らせるようなわがままではないのだと、知った。

思いついたことを、初めはナンバーをふったリストにして、数個ずつ纏めて、Gメールで送った。ナンバーの一つ一つに応えてくれる温かな返信に背中を押されるように、仕事中にも、思いついたことを、ショートメールでも、一つずつでも、送るのが日課になっていった。綺麗だと感じたもの、好きなものを写真に写してメールで送るようにもなった。

書き出しはいつも〝良いですね〟と、書いてくれるその人にメールを送るのが、私の毎日の楽しみになった。

濡れるのが嫌いなら、駐車場に屋根がある場所にしましょうね。一階が駐車場のマンションなんかが良いかもしれませんね。値は張りますが、富士山と八ヶ岳が見える高層階にしますか？　一番近くのコンビニまでの道が、明るい道だけを通って行ける場所にしましょうね。

……。

私が好き勝手に送るメールに、その人は、意味を付けるような返信を、必ずくれた。私はその度に、自分の考えには意義があるのだという錯覚のような自尊心を育てて貰い続けた。

半年近く続けた問答のようなやり取りで、私の居場所は、具体的になっていった。比較的広い窓が南にある。埃の溜まる隅が少ない。トイレがむしろ掃除しやすくなるので、バスとトイレは一緒でもいい。玄関が大通りの街灯が当たる方向にある物件。少しの時間でも散歩できるように、県立美術館の庭の近く。そして意外にも県立中央病院に近い、つまりは県内で一番救急車の音が聞こえる場所に、私の家は定まった。

聞こえる救急車は県立中央病院に来ていて、県立中央病院の救急の先生方が、必ず助けてくださっているのだと思い込めるから、「どこに行くのだろう。受け入れてもらえるだろうか、助かるだろうか」と考えてしまうことから、逃れられることに、内見を繰り返している間に、気が付いたからだ。

自分でも分からなかった、〝自分〟が、自分の好きなもの、大切に思っていること、受け入れられること、が、メールのやり取りをさせていただいたり、内見や、物件の近隣を散歩したりをさせていただいている間に、少しずつ見えてきたような気がした。好きなものを好きだと感じることに、罪悪感が無くなって、嬉しいことを嬉しいと、素直に感じられるようになった。

その人とやり取りをしている間に、仕事も、し易くなっていることに気が付いた。

仕事を始めたばかりの頃は、こんな無駄話をして、患者さんは怒らないだろうか。次の人が待っているのに、何故無駄な話をしているのだろうと、事務の方に思われないだろうか。もっと言えば、私がここに居ることを、皆が不快に思っているのではないか。私はここを、追い出されてしまうのではないか。そんな思考が、かまいたちが穴の中で飛び交うようにまとわり続け、私は吃音にばかりなって、上手く話せなかった。患者さんが診察室を出てから、あれを聞けば良かった、これも聞き忘れた、と、自己嫌悪で気持ち悪くなった。カルテをまとめながら、やはりどうしても聞かなければならなかったと、受付まで走って、会計待ちの患者さんを見つけて、改めて診察室に戻っていただいたことも、数え切れないほどあった。

徐々に慣れて、聞き忘れは減ってはいっても、やはり、焦燥感は消えずにいることが多かった。

でも、その人と、無駄に思える事でも意味がある事も多い、というやり取りを続けている内に、患者さんと話す話も、無駄ではないと自然と思えるようになってきた。無駄話をしていると責められるのではないかという被害妄想のような不安感も消えていき、言葉も滞りにくくなった。時間が許す限りは、患者さんと話すことを、自分でも楽しめるようになってきた。私が落ち着いて楽しむと、患者さんも話しやすくなるようだった。

元々、大切なこと、なんて決まっていなくて、大切な話なのだと信じればそれは、大切な話になるのかもしれない。

職場が唯一の居場所、家も職場から提供された官舎であった時は、職場での評価が全てのように思えていたけれど。

自分の居場所を別に作ると、仕事でも良い意味で肩の力が抜けて、楽になった。

好きなこと、嫌なこと、が、仕事とは別に、こんなにあるのだと思えると、もう一つの足を手に入れたような安定感が生まれた。ここで、私は、きっと、何年も、もしかしたら何十年も、生きていける、と、初めて思えるようになった。

そしてまた、生物の先生が言っていた、同種の命を、生活を支える、ということは、医師だけでないのだと、当たり前なことを、改めて強く感じた。その人に、自分が支えてもらい、実感した。

自分の生活を大切にできると、患者さん一人一人の生活が想像できるように、大切に思えるようになってきた気がする。

そんなことを、話したいと、けれど、上手く話せないかもしれないなと思いながら、県立美術館の庭へ急いだ。明るい道。コンビニと街灯で照らされた歩道を通って。

街灯の光の輪の外に、その人は佇んでいた。

初めて会った日と同じ、後ろに手を組んだ姿勢で。そして、今は少し困ったような、不安そうな笑顔で。

「初めて会う人に会う時は、手が震えてしまって、恥ずかしいから、手を隠すんです。緊張で、手汗もすごくなるから」

久しぶりに聞くその人の声は、やはり温かい。でも、声が少し震えているように思えた。


「大丈夫ですよ」

とその人は、家を探す間、繰り返し繰り返し、言ってくれた。私は、言ってもらう度に、これが一番欲しい言葉だったのだと、思った。口角が上がっているからなのかぱっかりと明るく、けれど目尻が下がっているからなのか受け入れるように温かな笑顔で、その人は何度でも繰り返してくれた。「大丈夫ですよ」と。「無駄なことなんてないですよ」と。


あんなに、大丈夫だと、笑顔で断言していた人が、光の外で、手の震えを隠しているのが、少し可笑しく、でも愛おしく思えた。

「大丈夫ですよ」

仕事では言えない、でも、本当は、ずっと言いたかった言葉が、私の口から零れた。

「大丈夫です」

もう一度、今度はしっかりと、言葉を確認するように、私は繰り返した。

私は、大丈夫ですと、言って欲しいだけではなくなっていた。不安そうな人に、今度は私が、言ってあげられるようになりたいという、新しい気持ちが、知らぬ間に芽生え、育っていたことに、言いながら気が付いた。

その人は、覗き込むように、私を見て、少し眉尻を下げたまま、少し首を右に傾けて、笑った。本当は、もしかしたら私以上に、不安の強い人なのかもしれない。自分も、言って欲しい気持ちが分かるからこそ、繰り返し、大丈夫ですよ、と言ってくれていたのかもしれない。

「大丈夫です」

私がもう一度、職場では言えないその言葉を力強く言うと、その人は、私が居る街灯の光の輪の中に、ゆっくりと一歩、踏み入ってきてくれた。

了

雨を知るもの

秋田柴子

序章

――嫌な予感がする。

桃子は空を見上げた。さっきまで気持ちよく晴れていたはずの空は、いつの間にか不穏な色の雲に覆われている。

「朝の天気予報じゃ、雨なんて言ってなかったのに……」

だが気象予報士が何と言おうと、今、頭上の空が怪しく曇っているのが紛れもない現実だ。

急がなきゃと足を速めようにも、三歳の子供の手を引きながらでは、それもままならない。

「ママ。ゆりちゃん、帰りに公園行きたい」

「うん、でも雨降りそうだから、今日はもう帰ろう？　公園はまた……」

「やっ、行きたい！　ゆり、すべり台やりたいのっ！」

三歳とはいえ、子供の力は侮れない。抵抗しようと踏ん張る力も、親の手を振り払おうとはじく力も、なまじ加減を知らないだけにその破壊力はすさまじい。そのくせ強引に引っ張れば、小さな子供の肘はあっさり抜けて肘内障の大泣きコースまっしぐらだ。

「だから雨降るってば！　ぬれるの嫌でしょ。行くよ、もう！」

真っ赤な顔で地団駄を踏む娘をなだめようとした桃子の手に、ぽつりと冷たいものが落ちる。

「ほら、降ってきた！　早く早く！」

泣きわめく娘を抱きかかえるようにして、桃子は慌てて近くの商業ビルの軒先に駆け込んだ。間一髪で、ざあっと路面が激しい音を立て始め、夏の日差しに焼けついたアスファルトから、降り始め独特の匂いがもわっと立ち上る。ぐずっていた娘も突然の雨の勢いに驚いたのか、ようやくおとなしくなった。

「うわあ、いきなりこれかあ。やむかなあ……」

大荷物の中から苦労してスマホを引っ張り出し、天気アプリで雨雲レーダーを調べようとした矢先だった。

「ママ。あの女の人、傘なしで歩いてるよ！」

なに？　誰のこと？　画面を見ていて一瞬反応が遅れた桃子の視界を、一人の女性が通りかすめた。

確かにその女性は傘を差していなかった。結構な雨だというのに、その足を速めることもなく、ぬれるがままに悠々と歩いていく。

「ねえママ。あの人、お風邪引かない？」

不躾に指さす子供の手を半ば無意識に押さえつつ、桃子は思わず瞬きをした。だがその一瞬で、女性は角を曲がって桃子の視界から呆気なく消えてしまう。

――いいの。これは八月のつけ払いだから。

桃子の頭の中に、遠い昔の記憶が蘇る。

「さやか……？」

桃子は降りしきる雨を眺めながら、女性の姿が消えていった角を呆然と見つめていた。

第一章

小泉さやかが転校してきたのは、夏休みが明けた九月のことだった。

神戸から来たというさやかは、一口に言えば都会の空気を纏った少女だった。きれいに整ったショートカットに痩せぎすで背の高い姿は、まるで宝塚の男役のような中性的な雰囲気を放っている。だがたかだか高校一年の男子には、まだその魅力が理解できないのだろう。不躾なため息が教室のあちこちから聞こえて、内心桃子はひやりとした。だが当のさやかは何も聞こえないかのような表情で、教室の後ろをまっすぐ見つめていた。

転入生であるさやかの席は、セオリーどおり級長の智美《さとみ》の隣となった。昼の休憩時間も面倒見よく智美が誘う。元々智美と同じグループで弁当を食べていた桃子も、さやかと共に机を囲むことになった。

「小泉さん、神戸から来たんだよね。いいよね、お洒落な都会で」

「……別にそんなことも。神戸も少し離れたら山がすぐ近くにあるし」

「え、でもさあ。ちょっと雰囲気違うよね」

「そうそう、イケてるっていうか、コナれてるっていうか。なんか名前までカッコいいし」

クラスの元気印、美由紀の一言にどっとまわりが沸く中、さやかは礼儀正しく笑みを浮かべているだけだった。どうやら少しばかり人見知りの性格らしい。

一日の授業が終わると、教室内は一気に騒がしさであふれ返る。

「あの……図書室って何階、ですか」

隣の智美に訊ねている声が桃子の耳にも聞こえてきた。転校初日から図書室に行こうという人間も珍しい。聞かれた智美もいささか呆気に取られているようだった。

「ああ、図書室ね。隣の校舎の三階だよ。渡り廊下を通って左の突き当たりだけどわかるかなあ。付いてってあげたいけど、私も部活行かなきゃいけなくて……」

そう言いかけて桃子と目が合った途端、適任とばかりに智美がにっと笑いかけた。

「桃ちゃん、案内してくれる？　小泉さん、図書室行きたいって」

「あ、うん。いいよ、もちろん」

任せたというように桃子の肩を叩くと、智美は手を振って足早に教室を出ていった。

「いいですよ、私一人で行けるから」

さやかはぽつりと言った。言葉は丁寧だが、どことなく平板な口調だった。

「大丈夫。私、帰宅部だから特に用事もないし」

促すように桃子が先に立って歩き始めると、さやかも黙ってついてきた。少し速度を落として、自然に横に並ぶように歩く。

「小泉さん、本が好きなの？　転校初日から図書室って相当だよね」

「好きっていうか……図書室なら時間つぶせると思って」

時間をつぶす？　何か家に帰りたくない事情でもあるのだろうか。だがさすがに初対面で突っ込むのも憚られる。図書室に着くとさやかは、ありがとう、とかすかな笑みを浮かべた。昼食の時と同じ、ガラスのように無機質な微笑みだった。

その翌日から、さやかは毎日図書室に通うようになった。一日の授業が終わると、荷物を持って隣の校舎へ去っていくさやかの姿を、桃子たちは驚きの目で眺めた。

転校から一ヶ月が経っても、さやかの存在はクラスの中でいささか浮いていた。自分から話しかけることはめったにない。声をかければ普通に答えはするが、その口調も表情もどこか他人行儀だった。それに加えて転校早々の実力テストで、二位に大差をつけて学年一位を取る図抜けた成績は、小さな井戸の中で平穏に暮らしてきた面々を怯ませるのには充分だ。

それでも桃子はまだ比較的よく言葉を交わす方だった。毎日昼食を一緒に食べるせいだろうか。それに互いの家が近いことがわかってからは、図書室が閉まる木曜日になると一緒に帰ることもあった。

さやかがクラスでやや浮いた存在である理由は、その個性のせいのみではなかった。一ヶ月も経てば、どこからともなく噂も流れてくる。どうやらさやかは家族で転居してきたのではないようだった。なんらかの事情で家族から離れ、一人でこの町に来たらしい。詳しい理由は定かではなかったが、前の学校と何やら揉め事を起こしたという説がもっぱらだった。

「あんたのクラスに来た小泉さんって子、前の学校で相当な問題児だったみたいだよ。それで親に見放されて親戚筋に引き取られたんだって。ご実家はお医者さんらしいから、立派なお家なのにねえ。あんたも同じクラスなら気をつけなさいよ」

桃子は不機嫌そうに押し黙った。

確かにさやかはあまり愛想のいい方ではないが、人見知りと思えば不思議ではない。それに最近はようやく、桃子に向ける笑顔が和らいできたところなのだ。

「ちょっと桃子、聞いてるの？　気をつけなさいって言ってんの。まあY高に入れるぐらいなら、成績は悪くないんだろうけれど」

「さやかは別に普通の子だよ。どっちかって言えば大人しいけど、美由紀みたいにベラベラしゃべったりしないってだけで、陰キャってわけじゃないし」

たかだか一人の女子高生が転校してきたぐらいで、母親までがその噂を耳にしていることが桃子には驚きだった。もっともここは古くて狭い、典型的な田舎町だ。いわゆる向こう三軒両隣、互いに祖父母の代まで顔見知りのような土地柄では、ささいな噂がＳＮＳばりに拡散されるのも珍しいことではない。

だが桃子にとって、さやかは少々人見知りするだけのごく普通の高校生に見えた。その飛び抜けた頭脳と、都会のこなれた落ち着きを纏った雰囲気は、むしろ憧れに近い。

「さやか、今日も図書室？」

桃子の呼びかけに、さやかは首を振った。

「今日は行かない。本の整理……棚卸しっていうの？　それが一週間あるんだって」

「一週間も閉鎖かあ。じゃあ今日は一緒に帰ろ？」

桃子が水を向けると、さやかはうん、と頷いた。最初の頃は誘うと怪訝そうな表情を浮かべていたものだが、最近はようやく自然に笑ってくれるようになった。お互いを下の名前で呼ぶようになったのも、その距離が縮まった証だろう。

「さやかは部活入らないの？」

道々歩きながら訊ねると、さやかは首をかしげた。

「うーん、あんまり興味もないかな」

「でも智美、いまだに勧誘してるよね。さやかは背が高いから、ものすごくマークしてるみたい」

「ああ級長、バレー部だもんね。でも私は無理かな。ああいう団体競技って向いてないの、性格的に。というか、部活っていうのがそもそも駄目みたい。逆に桃子はなんで帰宅部なの？友達多そうなのに」

「私、子供の頃からスイミングやっててさ。今でも週二で通ってるんだ。うちの高校、水泳部ないしね」

へえ、とさやかは珍しく驚いたような顔をした。

「じゃあ泳ぐの上手いんだ。いいなあ、何かあっても大丈夫だね」

「何かってなに？」

「わからないけど、乗ってた船が沈むとか？」

どんな時よ、と軽くさやかの肩を小突くと、さやかはたとえばね、と楽しそうに笑った。

「あーあ、でも都会はいいなあ。さやかがうらやましいよ」

「なに、急に」

「だって学校帰りにふらっと寄れるお店とか、たくさんありそうなんだもん。ここなんてさ、コンビニかせいぜい駅前のスタバぐらい。神戸はお洒落なお店多いでしょ？　カフェとか雑貨とか」

「あるにはあっても、行かなきゃ関係ないから」

桃子は思わずむっとした。行きたくないから行かないのと、行きたくても行けないのはわけが違う。

「いいじゃん、あるだけ。行く行かないを決められること自体が恵まれてるよ」

普段おっとりしている桃子のいささか強い口調に虚を突かれたのか、さやかは静かに立ち止まった。

「――確かにそうかも。もしそういうお店があれば、私もそこで時間つぶせるよね。毎日学校の図書室じゃなくて」

ぽつりと呟いたさやかの言葉に、桃子ははっとした。

「……ごめん、みんなそれぞれ事情があるよね」

それぞれの事情をずっしりと抱え込んだようなさやかの笑顔に、桃子の胸がちくりと痛む。

「桃子、どこか知らない？　お店じゃなくても時間がつぶせる場所。高校生が一人でいても、誰にも何も言われないところ」

「一人で……」

唐突に訊ねられた桃子の頭の中は、ぐるぐると忙しく回転した。公園？　いや最近は長い時間一人で座っていると、警察が飛んでくる時代だ。駅のホームも駅員の目がある。他にどこか……

「――町の図書館はあるけれど、確か閉まるのが早いんだよね。今日は無理かな」

桃子がスマホで調べると、やはり閉館は六時となっている。今はもう五時を回っていた。

「町の図書館ね。確かにそっちの方がいいかも。ねえ、場所教えてくれる？」

「スマホで見てみなよ。ここからちょっと離れてるけど……」

「スマホ持ってないの、私」

え、と指を止めた桃子は、思わず顔を上げた。今時田舎の町でも、高校生ともなればスマホを持っている子がほとんどだ。親戚筋に引き取られたみたいよ、という母親の言葉を思い出す。

「――いいよ、明日一緒に行こう」

桃子は、努めて自然なふりを装って答えた。

「いいの？　ありがと」

二人はどちらからともなく歩き出した。だがどことなくぎこちない空気が漂う。せっかく少し近づいたと思った矢先の気まずさを、桃子はそのままにしておきたくなかった。

「ねえ、なんか食べない？　それこそコンビニしかないけどさ」

一瞬きょとんとしたさやかは、じっと桃子を正面から見つめた。

これまで一緒に帰ったことはあっても、どこかへ寄り道したことはない。さやかのことをもっと知りたいという想いが、衝動的に桃子を突き動かしたようだった。

やがて二人は秘密めいた笑みを交わすや、はじけるように笑い出して、そのまま小走りに駆け出していった。

第二章

育ち盛りの高校生にとって、手っ取り早く〝なんか食べたい〟欲求を満たしたければ、コンビニは最適解だ。いつもの癖でソーダアイスのバーを手にした桃子は、振り返って驚いた。さやかはレジの横にあるマシンでアイスコーヒーを淹れている。

「なんかさやか、大人だね。選択が」

そうかな、とさやかは首をかしげた。

それぞれの戦利品を手にした二人は、コンビニの裏手にある土手を上がって、川沿いの遊歩道に出た。ここなら車は通らないし、川原を見下ろすようにしつらえたベンチもある。照りつける日差しと、川面を吹き渡る風に髪があおられることを厭わなければ、女子高生が食べてしゃべるには充分すぎる場所だ。

「結局、コンビニしかないんだよね。駅前のカフェは大人が多くて〝ジャリが生意気〟みたいな顔されるし」

「でもこういうのもいいんじゃない？　町の中に大きな川が流れてるのって開放的で気分いい

もの。川原で遊んでる人もいるし、車の心配しないで散歩したりランニングできて」

「……あるにはあっても、自分がやらなかったら関係ないんだよ」

さやかが目を丸くした。やがて二人同時にぷっと噴き出す。

「ふふ、『隣の芝は青い』ってやつ？」

「もう、さやかは言うこともやることも大人すぎる！」

桃子に勢いよく肩を叩かれたさやかは、ふと黙って空を見上げた。

「あ、ごめん。痛かった？」

「ううん、そうじゃなくて……そんなに違うかな」

「え？」

さやかは独り言のように呟いた。

「昔から親や学校の先生に言われるの。あなたは子供らしくないって。別に大人ぶってるつもりもなくて、ただコーヒーが好きだから飲むし、たまたま知ってる言葉だから使うだけなんだけどな。なのに子供らしくないって言われる。あ、ごめんね。桃子の言ったことが悪いって意味じゃないから」

桃子はじっとさやかの顔を見た。

「――前から気になってたんだけどさ。それってピアスの穴？」

桃子がさやかの耳を指さすと、さやかは、ああと屈託なく笑った。

「そう。これはね、ささやかなる反抗。まだ向こうにいた時、親や学校にいろいろ言われるのがうっとうしくて。私はただ、自分の考えを言ってるだけなのに」

「自分の考えってたとえば？」

「ん？　そうね、たとえば『医学部には行きたくない』とかそういうの。私の実家が医者っていうのは知ってる？」

桃子は気まずい思いで頷いた。

「医者の娘に生まれたからって、自分も医者になりたいとは限らない。でも親にはそれがわからないの。『行けるのに行かないなんて頭がおかしい』ってね。学校でも『あなたは恵まれてるんだから』みたいなことを言われる。成績だけ見て、やれ医者だ弁護士だって職業を偏差値の勲章扱いすること自体がおかしいと思うんだけど、誰も聞く耳を持ってくれなかった」

確かに医者の親からすれば、子供に同じ道を望むのは当然かもしれない。ましてその子供が優秀ならなおさらだ。だが子供の意思を押しつぶしてまで、親の望むままにさせたいのだろうか。桃子は言葉を失った。

「自分の考えを言えば言うほど『どうしてそんなに反抗的なんだ』って言われるから、なら本当に反抗的になったら面白いかなと思って、とりあえずピアスの穴を開けてみたの。我ながらお粗末なレベルだと思うけどね。でもさすがに道踏み外して、人生棒に振るつもりはないから。けどすごく厳しくてお堅い私立の女子高だったから、この程度でもずいぶん騒ぎになった」

さやかはおかしそうに笑った。

「それでこっちに来ることになったの？」

「まあそんなところ。自宅でクリニック開業してるから、学校と揉め事を起こすような娘は、あの人たちにとって世間体が悪いみたい。もっとも娘をよそにやるっていうのも充分世間体に響きそうだけど、現在進行形でやられるよりはマシという合理的判断の下に、ここへ送られてきたの。勉強するだけならどこだってできるから、私は別にいいんだけど」

さすがにピアスの穴を開けたぐらいで、娘を手放す親はいないだろう。恐らくそれに至るまでに様々なことがあったに違いない。自分の親を〝あの人たち〟と呼ぶさやかの乾いた口調に、桃子は思わず目を伏せた。

「お母さんもお医者さんなの？」

「ううん、あの人は違う。結構いいとこのお嬢さんだったらしくて、紹介みたいな感じで結婚したみたい。将来開業したい父にとっては、資産家の娘っていうのは何かと都合がよかったみたいね。母はそんな父の言いなりで、私のことも夫の言うがままに、預け先探して奔走してくれちゃうような人。つつましく暮らしてる自分の姉に、一生懸命頭下げてね。今いるのはその母の姉、つまり伯母さんの家なの。とてもいい人たちだけど、控えめに言って、かなりの厄介者を抱えたと思ってると思う。だからできるだけ帰る時間も遅くしてるの」

さやかが自分から家の事情を話すのは初めてだ。桃子がこれまで聞いたのは、親や級友たちの口さがない噂だけだった。それも根っからのデマとは言えないが、さやかが抱えている複雑な事情までは誰も把握していない。その上自分たちの勝手な臆測が多分に含まれていて、今聞いた事実とは明らかに乖離していた。

「だからね、私は早く大人になりたい。ぶってるでもなんでもない、本物の大人に」

「それって独立したいってこと?」

「そう。だから勉強して、大学行って、ちゃんとした仕事を見つける。経済的に自立して、一人でも生きてけるように。それでもやっぱり医者だけはごめんだけどね」

経済的に自立! 一人っ子でおっとり生きてきた桃子には、充分衝撃的な言葉だ。

悟りを開いたような将来の展望に圧倒された桃子が黙り込んでいると、唐突にさやかが立ち上がった。

「そろそろ帰ろう。雨が降ってくる」

「雨? 今日はそんな予報じゃなかったと思うけど」

思わず桃子は空を見上げた。確かにさっきより雲は多くなった気もするが、まだ降ってくるようには思えない。だがさやかはしばらく遠くを見つめたあと、小さく頷いた。

「ううん、来ると思う。今ならまだ間に合う。早く帰ろう」

そう言うや、早くも元来た土手を下り始める。桃子も慌てて立ち上がると、小走りにさやかの後を追った。

やがてさやかと別れた桃子が家に着いてしばらくすると、外でぱたぱたと屋根を打つ音がした。覗いてみると確かに雨が降り出している。まさに間一髪というところだ。それにしてもなぜそれがわかったのか、桃子は不思議で仕方なかった。

――それが最初の出来事だった。


「さやか、今日は町の図書館へ行くんだよね？」

翌日の授業後、桃子は早速さやかに声をかけた。

「桃子、いいの？　場所だけ教えてくれたら、一人で行けるけど」

だが桃子は既に行く気満々だ。今日は塾もスイミングもないから、自分も一緒に図書館で勉強していけばいい。そのつもりで桃子は、家からちゃっかりお菓子をバッグに忍ばせてきたほどだ。さやかが転校してきて一ヶ月、ようやく少し打ち明け話をしてくれたことが、桃子はわけもなく嬉しかった。

昨夜からの雨が降り続く中、二人は町の図書館へ向かった。

「地下に学習室があるんだ。そんなに席数は多くないけど、試験前でもなければ使う人は少ないから」

桃子の予想どおり、学習室は半分ちょっとの席が埋まっている程度だった。二人で四人掛けのテーブルを確保し、それぞれに参考書を開く。

転校当初から広く知られてはいたが、さやかの成績は町きっての進学校であるY高の中でも群を抜いていた。やはり都会の子は違うと、陰で悔しまぎれにささやかれていたが、さやかの成績の良さは決して都会育ちだからだけではない。一言で言うと、とにかく地頭がいいのだ。記憶力も理解力も、並みの秀才をはるかに上回っている。

こう見えて桃子も決して成績の悪い方ではない。だがその桃子からしても、さやかの出来の良さは別格だった。さすが医師を父に持っているだけのことはある。もっともさやかにしてみれば、それは何も嬉しいことではないのだろうが。

「さやか、ちょっと休憩しない？」

没頭しているさやかの様子をうかがいながら、桃子はそっと声をかけた。一瞬遅れて顔を上げたさやかは、ぼうっとした目で桃子を見返した。まるで目の焦点と自分の意識がばらばらに動いているかのように見える。ようやくその目に感情が戻ってきて、さやかはぱちぱちと瞬きをした。能面のようだった顔がふっと綻び、こくりと頷く。

二人は学習室を出て、入り口近くの自販機コーナーに向かった。館内で飲食ができるのはここだけだ。それぞれ飲み物を買い、桃子が家から持ってきたお菓子をかじる。例によってさやかは缶コーヒー、しかもブラックだ。

「さやかはすごいね。めちゃめちゃ成績いいのに、あれだけ一生懸命やるんだもん。嫌だって言ってたけど、マジで医学部でも行けそう」

さやかは興味なさそうに肩をすくめた。

「でも正直、具体的に行きたいところがあるわけじゃないの。ただとにかく家からは離れたい。だから神戸に戻る気もない。学費も自分で払うつもりだから国立一本だけど、東京だと物価も高いしね。どうしようかな」

さやかの言葉に、桃子は一抹の後ろめたさを感じずにはいられなかった。同じ歳でありながら育った環境がここまで違うのは、どうにも居心地が悪かった。

閉館時間ぎりぎりの六時まで粘った二人は、来た時と同じように連れ立って図書館の入り口に戻った。厚い雲が空を覆っているせいか、普段の同じ時刻よりもずっと暗い。雨の勢いもまだかなり強かった。

「うわあ、結構降ってるなあ。でもしょうがないね。行こうか」

桃子が傘を開こうとすると、さやかが片手を挙げた。

「もう少しここで待とう。あとちょっとしたら、たぶんやむ」

桃子は驚いて空を見上げた。雲が切れるような様子はどこにも見えず、雨音もいまだ激しいままだ。

「でも天気予報でも今日は夜中まで降るって……」

「大丈夫。もうすぐ少しだけやむ時が来るから」

さやかは片方の手のひらを軒先から出して、どこか遠いところに視線を泳がせている。

「さやか、昨日もそうだったよね」

え？　というように、さやかが振り返った。

「昨日もさ、雨の予報じゃなかったのに『もうすぐ降るから早く帰ろう』って言ってたでしょ。実際、あれからすぐに降ってきたよね。なんでそういうのがわかるの？　今だってどう見ても、もうすぐやむようには見えないけど」

さやかは困ったように首をかしげると、しばらくそのまま口を噤んだ。

「なんでっていうか……なんとなく、ただそういう気がするだけ」

しばらくあとにようやくぽつりとそれだけを呟いた。いつも論理的に話すさやかにしては、ひどく曖昧な言葉だった。

まるで喧嘩でもしたかのように二人して押し黙ったまま、十分ほども経っただろうか。

「――そろそろ行こう」

突如さやかが傘を広げた。まだ雨は変わらず降っている。

「え？　もうすぐやむんじゃ……やっぱ無理？」

「ううん、大丈夫。行こう」

ひとすじの迷いもなく踏み出したさやかの足に、水たまりがぱしゃりと弾む。

「ちょっと、さやか……」

不意を突かれた桃子は、慌てて傘を差すと続いて雨の中に飛び出した。

「もうさやかってば、待ってよ」

だがさやかは何も言わず、ただ黙って前を見て歩く。さらに問い詰めようと、桃子が口を開きかけた時だった。

傘を叩く雨音が、明らかに一段軽くなった。

「あ……」

思わず驚きの声が洩れる。

「ああ、ありがとう」

傘の下でさやかが小さく呟いた。すると空気がすうっと軽くなるような気配がして、雨足はぴたりとやんだ。

「うそ、なんで……？」

明るくとまでは言えないが、雲はさっきより確実に薄くなっている。

「すごい！　どうしてわかるの？　ねえ、さやかってば」

「傘。もう必要ないでしょ」

奇跡のような現象に興奮しきりの桃子は、言われてまだ自分が傘を差したままだったことに気づいた。当のさやかは、いつの間にか傘を畳んでいる。

「——どうしてと聞かれても、答えようがないのが正直なところなの。昔から雨が降ったりやんだりするのが、なんでか知らないけどわかる」

顔中に疑問符をはりつけたような桃子の表情に、さやかは苦笑を浮かべた。

「別に雨を呼ぶとか、そういうのじゃないの。ただ降り出したり、やみ始めるのが何となくわかるだけ。でも他の人には絶対内緒ね。これのおかげでうちの親は、私を余計にオカシナモノ扱いしたんだし。でも現実ではなかなか便利でしょう？」

にこりと笑いかけたさやかは、呆然とする桃子に構わず、足元の水を跳ね飛ばしながら、すたすたと歩いていってしまった。

第三章

さやかが転校してきてから、瞬く間に半年が経った。

相変わらずさやかは、授業が終わると毎日町の図書館に足を運ぶ。塾やスイミングのない日は、時折桃子も付き合った。そういえばさやかは塾にも行っていない。だが転校以来、常に学年トップの地位を維持し続けている成績は、もはや校内でも異次元のレベルだった。

「いや、彼女はすごいよね、まったく。私なんて毎回赤点に怯えてるのにさ」

級長の智美《さとみ》がため息まじりにぼやいた。

「でも智美はバレー一生懸命やってるから。そういう子って、部活終わったら化けるんじゃない？」

「それまでに留年しなきゃね。あーあ、こんなのが級長なんて恥ずかしいったら。いっそ小泉さんに代わってほしいぐらいだよ」

「だって智美はみんなから人気あるじゃん。級長ってやっぱリーダーシップがあるっていうのが大事なんじゃない？」

それは桃子の偽らざる本心だった。群を抜く成績のさやかもうらやましいが、智美のように自然に人望の集まる人柄も、桃子にとっては尊敬の的だった。

「桃ちゃんは優しいねえ。まあ部活なんてやってると、どうしても協調性は大事になるよ。特に集団競技はなおさらね。あーあ、小泉さんがバレー部に入ってくれてたらなあ。あの身長、めちゃめちゃ魅力だわー。ばしばしアタック決めてくれそう」

実際、さやかは運動神経もよかった。体育の時間ともなると、まわりより頭一つは高いその体がきびきびと躍動するさまは、桃子ならずとも感嘆のため息を洩らした。もっともその完璧さがある種の威圧感を与えるのか、一部の生徒の間では愚痴めいた恨み節がささやかれていることも事実だ。元々桃子か、せいぜい級長の智美以外に、さやかと親しく言葉を交わす生徒はほとんどいない。それが余計に高い壁を感じさせているようだった。

「そうだね。でもさやかはあんまり部活とかに興味ないみたいだし」

「ほんと、惜しいったらないわ。他の部からもスカウトが大挙して押しかけたらしいけど、軒並み断られたみたいだしね。まあ人の価値観はそれぞれだから」

そう言うと智美はまた明日ね、と手を振って教室を出ていった。今日もコートで汗を流すのだろう。明るくて隔てのない智美の気性は、やはり誰よりも級長に相応しく思えた。

「桃子、今日は塾だよね。じゃあ私、図書館行くから」

「あ、うん。じゃあ途中まで一緒に帰ろうよ。どうせ塾もあっちの方だし」

結局、二人は連れ立って校門を出た。

「ねえ、今日って雨降る？」

歩きながら唐突に訊ねる桃子に、さやかは苦笑した。

「そんな、私は気象予報士じゃないんだから。先の天気なんてわからないよ」

「うそ、だってさやか、いつも雨が降るのわかるじゃん」

さやかはやれやれとため息をついた。

「だから何度も言ってるでしょ？　予報や予知ができるわけじゃないって。雨が近づいてきたりやみそうな気配がして、初めてわかるの」

「それってさ。純粋な勘なの？　それとも何か具体的な兆候があるの？」

「兆候？」

「うん、たとえば音とか匂いとか。あるいはなんかお告げみたいなのがあるとか」

さやかは唖然とした表情を浮かべるや、ぷっと噴き出した。

「お告げって……それは桃子、スピリチュアル系の本の読みすぎ」

「読んでないよ、そんなの」

頬を膨らませる桃子の表情がおかしいのか、さやかがなおもくすくすと笑う。

「でもそれじゃあ、どうしてわかるの？　雨の匂いがするっていうのはよく聞くけどさ」

「石のエッセンスね。確かにそれもあるけれど」

「え、なに？　ペト……」

「ペトリコール。雨が降った時に、地面やアスファルトから上がってくる匂いのこと。その場で降ってなくても、どこか離れたところで降ってる雨の匂いが漂ってくる場合もあるみたい。でも私のはそれじゃない」

「違うの？　じゃあどんな？」

さやかは申し訳なさそうに微笑んだ。

「本当に何もないの。『あ、来るな』とか『もうすぐやむかな』みたいな気がするだけ。強いて言うなら、誰かに後ろから肩を叩かれるような感じっていうのが近いかな。〝おい、もうすぐ降るぞ、ポンポン〟みたいな。でも当たり前だけど、頭の中で誰かの声がするとか、そういうのじゃまったくない」

桃子は余計に混乱した。

「もう、そんなんじゃ全然わかんないよ。じゃあ、なんでさやかはお礼言うの？」

さやかはきょとんとした。

「お礼？」

「たまに言ってるじゃん。雨がやんできた時にありがとうって。あれ、誰に言ってるの?」

さやかは急に黙り込んだ。だがしばらく後にその口からこぼれた言葉は、拍子抜けするほどあっさりしていた。

「——別に誰っていうことはない。ただ自分が歩きやすくなるから、それで言ってるだけ」

「ああもう、ぜんっぜんわかんない!」

苛々と声を上げる桃子を見て、さやかが気の毒そうに笑った。

「わかろうとしなくていいよ。私も上手く説明できないし。ただね、ほんとに怪しい話じゃないの。私は霊感とかそういうのはまったくないし、興味もない。子供の頃からごく普通に雨のタイミングがわかって、それが当たり前だと思ってた。でもみんなは違うってわかって、すごく驚いたの」

「そんなに小さい頃からわかったの?」

さやかは頷いた。

「うん。幼稚園ぐらいまでは普通に親や友達に言ったりしてた。でもみんなが驚いたり怖がったりするし、時にはいじめられたりもした。だから途中から言わなくなったけどね」

「いじめられた? なんで?」

桃子は驚いて聞き返した。

「さあ。嘘つきって言われたり、逆に怖がられたり。でもどっちも根っこは同じだと思う。自分に理解のできないもの、つまり異質なものを遠ざけたくなる心理っていうの？　そういうことなんじゃないかな」

　自分の孤独をかくも冷静に分析してみせるさやかに、桃子は言葉もなく黙り込んだ。

「でも私はその反対なの。つまり異質なものを受け入れるっていうのかな。さっきも言ったけど、私は霊感みたいなものがあるわけじゃない。龍神様がついてるなんて言う人もいるけれど、そういうのは全然わからない。ただなんだかわからない何かと共存して生きてるような感覚なの。その何かが雨の呼吸を教えてくれてるんだって。だからさっきのお礼っていうのも、そのなんだかわからない何かに言ってるのかもしれない」

「なんだかわからない何か……」

　さやかが恥ずかしそうに微笑んだ。

「でもいくらなんでも、台風みたいな土砂降りの時でもぴたりと雨がやむ、なんてことはないの。でも少し弱まるタイミングで行けるのだって助かるでしょ？」

　桃子は狐につままれたような心境で、ただこくりと頷くしかなかった。

　そうしてさやかは、折に触れて雨のタイミングをこっそり桃子に教えてくれるようになった。

百発百中ではないものの、さやかの助言は相当な確率で的中した。それは桃子にとって不思議ではあれど、素直にありがたい話だった。

春休みに入っても高校生はそれなりに忙しい。今日は公開模試のある日だ。家を出る前に桃子が空を見上げると、既に雲がかなり分厚い。今にも空から雨が落ちてきそうな中を、桃子はさやかと待ち合わせたバス停に急いだ。

「ごめんね、さやか。お待たせ」

「ううん、私も今来たとこ」

バスの中は二人以外にも、いかにも模試に行くという風情の高校生でぎゅう詰めだ。

「あ、雨降ってきた！」

誰かの声につられて桃子が外を見ると、確かに雨が降り始めている。隣に立つさやかは涼しい顔をしていた。

さやかといると、こういうことは頻繁に起きる。外にいる間は降っていないが、屋内に入ったり乗り物に乗った途端、待っていたように雨が降り出す。そして再び外に出るや、すっと雨が上がるのだ。何度経験しても不思議には変わりないのだが、さやかがあまりに平然としているので、最近は桃子もすっかり慣れっこになっていた。

「降りる時はきっとやむね」

「……さあ?」

さやかは表情も変えずに、かすかに首をかしげた。

やがてバスが目的地に着いた時、桃子は目を疑った。雨はまったくやむ気配がない。まさかと思ったが、やはりさやかは平然としている。

「そんな顔しないでよ。そういう時もあるってば。でも別に問題ないでしょ、ほら」

さやかはひょいと上を指さした。

「あ、屋根……」

模試の会場である大学のバス停は、車寄せの部分が屋根付きだった。これなら確かに雨が降っていても大してぬれることはない。まるで空がさやかの行く手を見ながら雨の加減を決めているようで、桃子は呆然とするしかなかった。


「お帰り。雨、大丈夫だった?」

家に帰ると、母親が台所から声をかけてきた。

「あ、うん。帰りにちょっと降られただけ」

手を洗って着替えを済ませた桃子は、夕食が並んだテーブルの前に飛びつくようにして座った。模試で一日頭を酷使したあとは、異常なまでにお腹がすく。

「そんなに急いで食べて、お行儀悪いよ。それで模試の出来はどうだったの？」

「んー、まあまあかな」

「なに、まあまあって。ぼんやりしてると受験なんてすぐ来ちゃうよ」

「わかってるって。いいじゃん、まだ一年生なんだから、一応」

「呑気ねえ。二年生になったらすぐ進路相談もあるんでしょ」

「あーあ、嫌なこと思い出させないでよ。やることはやってるんだから。さやかみたいにどこの大学でもＯＫってわけにはいかないけどさ」

途端に母親は露骨に顔をしかめた。

「さやかさんって、あの例の転校生の子よね。あんた、まだあの子と仲いいの？」

「まだって何よ。嫌な言い方」

いや、あの例の、という言葉が無性にカチンとくる。

「別にあんたの友達にケチつけるつもりはないけど、あんまりいい噂を聞かないもんだから」

「充分ケチつけてるじゃん。さやかはめちゃめちゃ成績いいし、運動でもなんでもパーフェクトなんだよ。別に性格悪いわけでもないし、なんでそれで悪い噂が立つの？」

ごはんを頬張ったまま桃子がにらむと、母親は肩をすくめた。

「それはそれで立派だけど、人間それだけじゃないからね。そもそも向こうの学校で揉め事起こしたっていうのはこの辺でも有名な話だし。高校生になるかならないかのうちからピアスの穴開けてるなんて、真面目な子とは言えないんじゃないの？」

桃子は、母親がさやかのピアスのことまで知っている事実に驚いた。

「――別にいいじゃん、今つけてるわけじゃないし。もうほとんど穴もふさがったって、前に言ってたよ」

「だけど実の親に追い出されるって相当じゃない？　今の家でも引き取った人が困ってるって、誰かに聞いたよ。そりゃそうよね、自分の子供だけでも手がかかるのに。しかもそんな問題のある子ならなおさらね」

引き取られた伯母の家に、いとこにあたる子供が二人いることは本人から聞いていた。居候の身だから何かと気は遣うよね、と過去にさやかが言っていたことを思い出す。

「さやかはちゃんと自分の立場をわかってるよ。いろいろ気を遣って、帰る時間も遅くしたりしてるぐらいなのに」

「なんで遅くするのよ。むしろ早く帰って、お家のこと手伝うぐらいしたっていいじゃない。どこで何してるのか知らないけど……」

「図書館で勉強してるんだよ！　どこかで遊んだりしてるわけじゃないんだって！　何も知らないのに悪く言わないでよ！」

桃子は手にしていた箸と茶碗を乱暴にテーブルへ叩きつけた。

「そもそもさやかが自分でここに来たいって言ったわけじゃないんだし。さやかの親が勝手に決めたことなのに、なんでさやかを悪く言うの？」

「二人ともやめなさい。どの家にも事情ってものがあるんだから……」

父親が口を挟むと、母親がじろりとにらみつけた。

「そりゃ私もかわいそうだとは思うわよ。でもね、お世話する方だって大変でしょう。男の人はお金と口を出すだけでいいかもしれないけれど、日常の負担はみんな女にかかってくるんだから。預かる責任だってあるんだし」

論点が自分に及びそうだと察知した父親は、それ以上口を出さず、黙々と箸を動かし始めた。

「それにあんた、前に言ってたじゃない。その子、なんか変な力があるんでしょ？　なんだっけ、雨をあやつるみたいな」

桃子ははっとした。ずっと前、さやかの不思議な力を知って興奮した桃子が、家でうっかり母親に口を滑らせたことを思い出したのだ。だがその時は母親が、そんな馬鹿なこと、と取り合わなかったので、桃子は自分がその話をしたことをすっかり忘れていた。

「雨をあやつる？　なんだ、それは。河童か何かか」

話から外れたはずの父親が、怪訝そうに口を挟んだ。まずいことになったとためらいつつ、桃子は渋々説明した。

「違うよ。雨が降ったりやんだりするタイミングがわかるってだけだよ。だから一緒にいると、うまく雨を避けることができるってだけ。雨をあやつるとか、そんなオカルトみたいな話じゃない」

父親と母親は、渋い表情で顔を見合わせた。

「なんだかおかしな話だな。あんまり真に受けない方がいいぞ、桃子」

「そうよ、そんな馬鹿げた話で友達を騙そうってこと自体、どこか……」

「騙してなんかいない！　さやかは本当にそういう力があるの！　私、何度も見たんだから。でも誰にも迷惑かけてないじゃん。知らないくせに、さやかのこと悪く言わないで！」

桃子は激しい音を立てて立ち上がると食べかけの皿をそのままに、二階の自分の部屋へ駆け上っていった。

第四章

四月になり、桃子は高校二年生となった。

さやかとはクラスが離れたが、桃子が一組、さやかが二組なので女子のみで行う体育の授業の時だけは合同になる。さすがに一年生の時に比べると、さやかと話せる機会はぐっと減った。せいぜい互いに塾と図書館へ行くまでの道を時々一緒に帰るぐらいだ。

「桃ちゃん、ちょっと」

ある日の授業後、桃子は元級長の智美《さとみ》に廊下で呼び止められた。智美はさやかと同じ二組で、今度は副級長となっている。

「部活があるからゆっくり話してられないんだけどさ――小泉さんの話、聞いた？」

桃子はきょとんとした。

「さやかのこと？　別に何も……何かあったの？」

智美は珍しく重い表情を浮かべて声を潜めた。

「うん、ちょっとね……そうか、やっぱり桃ちゃんの耳には入ってないか」

「え、何それ。すごく気になるじゃない。さやかがどうしたの？」

智美はかすかに言いよどんだが、やがて腹を括ったように話し始めた。

「先に言っとくけど、あくまで噂ね。私がそれを信じてるわけじゃない」

「わかってる！　早く教えて」

「桃ちゃんは小泉さんと仲がいいから、あんまりいい気分はしないと思うけど……彼女、元々実家の方でいろいろあったらしいっていうのは、桃ちゃんも知ってるよね。あっちの学校で揉め事起こしてここに来たっていう話」

桃子は黙ったまま頷いた。

「最近はそれだけじゃなくて、小泉さんに変な力があるって噂が広がってるの。聞いたことない？」

桃子は内心ぎくりとした。さやかの変わった力といえば、例の雨にまつわる話に違いない。だが今までその話は噂にのぼっていなかったはずだ。

「なんかね、聞いた話だと小泉さんがちょっとその……スピっぽいというか、怪しい力があるってことになってるの」

「スピっぽいって、例えばどんな？」

智美は馬鹿馬鹿しいというように肩をすくめた。

「小泉さんが雨をあやつることができて、自分の好きなように降らせたりやませたりしてるんだって。中にはふざけて彼女を化け物扱いしてる人もいるらしくてさ」

桃子は怒りのあまり言葉を失った。百歩譲って不思議な力がある云々はともかく、化け物扱いとまでいくと、もはや悪意が透けて見える。よほど不愉快なのか、珍しく智美の眉間にもしわが寄っていた。

「もう、ほんとしょうもないよね。普通で考えたらおかしいってわかりそうなものだけど。でもさ、言いにくいけど彼女、元からいろいろ噂があったでしょ？　だから余計に火がつきやすいっていうのはあると思う」

桃子は青ざめた顔を引きつらせてうつむいた。

「この辺りは古い土地だから、ただでさえよそ者を敬遠する風潮は強いし、それがいわゆる普通でない、い、い、人物となると、なおさらね。私もそういうのは理不尽だと思うけど」

桃子は不審に思って顔を上げた。

「ちょっと待って。それは学校内だけの噂じゃないの？　まさか地域の中でも広がってるってこと？」

智美は渋い顔つきで頷いた。

「私もはじめ、この話は知らなかった。でも春休みに部活の練習試合で他校の子から聞かれたんだよ。『Y高に変な子がいるってほんと？』って。そうしたら部活の子たちも口々に言い始めてさ。その子たちも最近耳にしたみたいだった。私はそういう噂に疎いから知らなかったけど、他校の子が知っているということは……」

桃子は唇を噛んだ。確かにさやかには雨にまつわる不思議な力がある。だが今流れている噂は、本来の事実と明らかに異なっていた。

「まあ、しばらくはいろいろうるさいかもね。こんな馬鹿げた噂、そう長くは続かないと思うけど。私も注意はしておくから、桃ちゃんも少し気にかけてあげるといいかもしれない」

それだけ言うと智美は体育館の方へ駆けていった。今年から新しくバレー部のキャプテンになって、より忙しいのだろう。

一人取り残された桃子は、気が抜けたようにぼんやりと教室に戻った。

どういう経緯かはわからないが、さやかの不思議な能力が知れ渡ったことは確かなようだった。以前さやかが、その力のせいで親からオカシナモノ扱いをされ、まわりからいじめられた、と洩らしたことを嫌でも思い出す。

――あの模試の日に、家で言い争ったことが噂のきっかけだとしたら……。

桃子の母親は、地域の井戸端会議の常連だ。娘と揉めたことを愚痴るついでに、その内容をつるりと口にすることは大いに有り得る。考えただけでふつふつと怒りが沸いてくるが、その一方で母親だけを責められないこともわかっていた。

何しろ当のさやかから「内緒ね」と言われていたにもかかわらず、うっかり口を滑らせたのは桃子自身なのだ。これまでは母親が都合よくそれを忘れてくれていたに過ぎない。

田舎町の噂が伝播する速度は侮れない。自分の失言を悔やむ桃子の胸に、じわじわと重いものが広がっていった。

桃子の暗い予感は的中した。

数日後には、既に学内の隅々までその噂が広がっていた。

「ねえ桃子、あんまり小泉さんと付き合わない方がいいんじゃない？」

「前からちょっと心配だったんだよね。桃子、一年の時も一緒にいること多かったし。変な影響受ける前に離れた方がいいと思うよ」

「でもさあ、彼女、確かにそれっぽい雰囲気あるよね。ねえ桃子、ほんとに……」

「――別に何もないから。普通だよ、全然」

忠告という名を被った詮索の手から逃れるように、桃子は強引に話を遮った。それでもまだ後ろでひそひそと額を寄せ合う級友たちへの苛立ちは、そのまま自分への怒りに変わっていく。

もっとさやかを庇える力があれば。みんながちゃんと耳を傾けてくれたら。いや、違う。

――私が家でその話をしなければ……！

誰を恨もうと、何を嘆こうと、最後はその後悔に突き当たる。桃子の胸に潜む罪悪感は、日に日に増す一方だった。

残念なことに、長くは続かないだろうという智美の希望的予測は、見事に外れた。ゴールデンウィークが明けても、校内の嫌な雰囲気は何ら変わることはなかった。

それどころか地域の住民の態度も、より露骨になってきた。桃子が近所の顔見知りの主婦軍団に遭遇しようものなら、週刊誌の取材さながらの質問攻めに遭うありさまだ。当の本人をろくに知りもしないのに勝手な臆測を重ねる大人たちに、桃子はほとほと辟易した。

そんな桃子の葛藤をあざ笑うかのように、事態はさらに悪化の一途をたどった。

季節は既に梅雨に入っていた。近年は全国的に降水量が増え、各地で水害が起きる例も珍しくない。七月の初めにはこのY町でも激しい雨が断続的に降り続き、町の中央を流れる川の水位はみるみるうちに上昇した。住宅街への被害こそなかったものの、堤防の一部が決壊し、多くの住民が避難する騒ぎになった。

この川は昨年の九月にも氾濫している。ちょうどさやかがこの町に来てすぐの頃だ。そんな偶然の符合が、この馬鹿げた噂に歪んだ信憑性を植え付けていた。

――今までこの川があふれることなどなかったのに。

――あの娘が来てから、どうもおかしい。

一人の人間が雨を呼び寄せ、地域に被害を与えるほどの自然災害を起こすことなどあるわけがない。恐らくそれは誰もが頭ではわかっていることだ。

だが自分たちに都合の悪い何かが起きた時、人は手っ取り早く責任を転嫁する対象を探そうとする。理性で現実を見つめるよりも、無制限に攻撃する激情に身を任せた方が、時に楽だからだろうか。しかもそれが集団となれば、その威力は破壊的なまでに増幅する。

単純な事実をいかにも怪しげな話に塗り替えて、自分たちが異端とみなしたものを徹底的に排除しようとする様子は、もはや中世の魔女狩りと変わらなかった。そしてその波は、やがて桃子のすぐ足元まで迫ってきた。

「――桃子。あんたもあの子と付き合うのはやめなさい」

「お母さん！　お母さんまでそんな馬鹿なことを信じるの⁉」

色をなす桃子に、母親はため息をついた。

「そうじゃない。いくらなんでもお母さんだって、大雨や洪水があの子のせいだなんて思わないよ」

「だったらなんで……！」

母親はあきれたように桃子の顔をちらりと見た。

「わかるでしょう。こんな狭い土地じゃ、噂なんてあっという間に広がっちゃう。今あんたがその子に近づけば、あんたも同類って思われるんだよ」

「さやかは何も悪いことしてないんだよ！　もとはといえば、お母さんがみんなにしゃべったからじゃないの？　あの子がわざと雨を降らせるって！」

「お母さんはそんな言い方したわけじゃない。ただ雨がどうとか、変なことをうちの娘に吹き込むから困るって話をしただけだよ」

「ほとんど同じじゃん！　それを聞いた人が、勝手に尾ひれつけて言いふらしたから、こんなことになったんでしょ⁉」

桃子の反撃に、母親は多少ばつの悪そうな表情を浮かべた。

「お母さんも細かい経緯はわからない。でも親にしてみたらね、そういう情緒不安定な子が自分の子供の近くにいるっていうだけで怖いのよ。今時は女の子だろうが高校生だろうが、何やらかすかわからないんだからね。実際世の中でそういう事件が起きてるのは、あんただって知ってるでしょう」

「だから何度も言ってるじゃない。さやかはそういう子じゃないんだってば！」

桃子が叫ぶように反論すると、母親も張り合うように声を荒げた。

「あんただってその子の行動を逐一知ってるわけじゃないでしょう。実際、学校帰りに一人であちこちフラフラしてる姿をみんな見てるそうだからね。何か起こってからじゃ遅いの。特に子供持ってる親なら心配して当然なのよ！」

〝親だから〟の楯の前には、子供の反撃など無力でしかない。話の噛み合わないもどかしさに、桃子の苛立ちは増すばかりだった。

ところがこれほど周囲が騒いでいるというのに、当のさやかはほとんど変わった様子を見せなかった。相変わらず教室でも一人でいるようで、授業が終わればやはり一人で学校を出ていく。

唯一変わったのは、廊下で桃子とすれ違うとにこりと笑いはするが、声をかけてはこなくなったことぐらいだった。自分に関する噂を耳にして、桃子に迷惑が及ばないようにしているのだろうか。

桃子とて、こんな噂に迎合する気など微塵もない。だが町にも学校にも漂う刺々しい雰囲気は嫌でも桃子を竦み上がらせ、おのずとその口を噤ませた。唯一の友といっていい自分がこのありさまでは、誰もさやかを庇う者などいるわけがない。桃子は自分自身のふがいなさに忸怩たる思いを抑えきれなかった。

それでもクラスが離れていれば、普段は一人孤立するさやかの姿を見なくてすむが、二クラス合同の体育の授業ではそうもいかない。

「じゃあ今日からはバドミントンに入ります。二人ずつペアを組んで」

教師の指示に、体育館内がわやわやと騒がしくなる。

「桃子、一緒にやらない？」

いつも昼食を一緒に食べる級友が、桃子のジャージの袖を引く。

「あ、うん。えっと……」

桃子は迷った。同じクラスだった去年までは、いつもさやかとペアを組んでいた。頭の中で目まぐるしく針が振れる。きゃあきゃあと甲高い嬌声が上がる中で、次々とペアができていく。

——今はもうクラスが違うんだし……別に避けてるわけじゃない……。

組む相手もなくぽつりと立ち尽くすさやかの姿から、桃子が目をそらしたその時だった。

「小泉さん、私とやろう。絵里奈、悪いけど三人で組んで」

気まずい雰囲気を押しのけるように、はっきりとした声が体育館に響いた。

はっと顔を上げると、智美がつかつかとさやかの方に向かっていくのが見える。一瞬、体育館の中がしん、と固まった。だが智美は気にする様子もない。

「私さ、バレーはボールが大きいから得意だけど、バドミントンは全然ダメだからごめん。だってバドミントンのシャトルってめっちゃ小さいし！」

ぎこちない笑いがぽつぽつ洩れる中で、さやかがかすかに微笑んだ。何もかもを悟り切ったような笑顔だった。

第五章

忌まわしい学内の噂も一学期が終わる頃には幾分収まったようだが、依然としてさやかを敬遠する空気は根強く残っていた。

このタイミングでの夏休みは、正直桃子にとってありがたかった。さやかが孤立する姿を見るのも、毅然とした態度を取れない自分自身にも気がふさぐばかりだったからだ。それに長期休暇という物理的な冷却期間を置けば、この不愉快な騒ぎも収束するかもしれないという淡い期待もあった。

さやかは夏休みをどう過ごしているのだろうか。だがスマホのないさやかと自由にコンタクトを取るのは難しい。町の図書館を覗いてみようかと何度も思ったが、桃子自身、夏期講習やら何やらで、ついそれも先延ばしになっていた。

夏休みも半ばを過ぎたある日、塾帰りの桃子は夕方から降り出した雨に脛をぬらしながら歩いていた。予報では曇りだったが、念のため傘を持っていったのが幸いした。

夏らしく、まさに夕立と呼ぶに相応しい叩きつけるような雨の中を歩いていると、見慣れた姿が桃子の視界に飛び込んできた。

「な……さやか⁉」

思わず驚きの声が口を突いて出る。

反対側の歩道をずぶぬれになって歩いているのは、間違いなくさやか本人だ。だが桃子に気づく様子はまったくない。その姿に、桃子は呆然と目を見張った。

降りしきる雨を避ける様子もなく、さやかはゆったりとした足取りで歩いていた。髪も服もぺったりと貼りついているのにも構わず、まるで雨に打たれるのを楽しんでいるかのように、ぬれた頰はうっすらと笑みさえ浮かべているように見える。桃子はこれまでのことも忘れて、つい大声で叫んだ。

「さやか！　さやか、こっち！」

何度も声を上げると、ようやくさやかが振り返った。桃子を見ても大して驚いた様子もなく、ああ、と笑顔になる。

赤信号にじりじりしながら反対側に渡った桃子は、急いで傘をさやかに差しかけた。既に頭の先から足の先までぬれそぼっているのでは、遅きに失するのだが。

「さやか、ずぶぬれじゃん。傘は？」

「持ってない。だって今日、雨の予報じゃなかったもの。桃子、よく持ってたね」

何のこだわりもなくさらりと答えるさやかに、桃子は拍子抜けする思いだった。最近の桃子の距離を置いた態度を何とも思っていないのだろうか。それでも桃子は何とか平静を保って言葉をつないだ。

「うん、今日はたまたまね。でもなんでぬれたまま歩いてるの？　いつもみたいにやむの待てばいいのに。それかコンビニで傘買うとかさ」

「いいの。これは八月のつけ払いだから」

「は？」

桃子が呆気に取られて立ち止まると、さやかは傘の下でぬれた顔を綻ばせた。

「あのね。私、年に一回、つけ払いをする日があるの」

「つけ払い？　どういうこと？」

さやかは困ったように笑った。

「うーん、なんて言えばいいかな。雨と上手に付き合えるかわりに、年に一回、思いっきり降られる時があるの。雨予報なのになぜか傘を忘れたとか、そんな感じで」

「そういう時はどうするの？」

「ん？　ただ歩くだけ。走りもしなければ、雨宿りもしない。ただひたすらぬれて歩くの。むしろ思いっきりぬれた方がいい。格好よく言えば禊みたいなものかな」

「褉……」

「不思議なことに、毎年八月になるとそういう日があるの。だからその時だけは抵抗しないで、ぬれるがままになっておく。一年間助けてくれてありがとうって。例のなんだかよくわからない何かに、ね」

桃子は唖然としてさやかの顔を見つめた。これまで散々さやかの不思議な力を間近で見てきたが、こんな話は初めて聞いた。

「でも風邪引いちゃうじゃん。早く帰ろうよ——家まで送るから」

だがさやかは首を振った。

「いいの、これは私の中の決めごとだから。桃子は気にしないで帰って」

そう言うが早いか、さやかはすいと傘の下から出た。

「ちょっ……さやか!」

「ありがとね、桃子。わざわざこっちまで渡ってきてくれて。私のことは大丈夫だから、心配しないで。じゃあ」

そう言うと、さやかは雨の下でにこりと笑った。つい昨年まで見慣れていたはずの笑顔が、今はなんと遠くなったことだろう。

次の瞬間、さやかは桃子に背を向けると、ふわりと歩き出した。

「さやか、待っ……」

呼び止める声にも構わず、どこか楽しげに雨の中を歩いていくさやかの姿を、桃子はただ呆然と見送るしかなかった。


夏休みが明け、二学期が始まった。

だが久しぶりに登校した学校に、さやかの姿はなかった。

「ねえ、桃子知ってる？　二組の小泉さん、また転校したんだって」

桃子は言葉の意味がわからず、唖然として固まった。

「やっぱさあ、何かあったってことだよね」

「てか、ヤバいことがあったから噂も立つんだろうし、バレたらバレたでいづらくなるのは当然っていうか……」

まるでワイドショーのような会話に耐えられなくなるぎりぎりに、担任が教室に入ってくる。

どことなく浮わついた朝のＨＲ《ホームルーム》が終わった途端、桃子は真っ先に廊下へ飛び出した。

「あ、桃ちゃん。ちょうどそっちに行こうと思ってた」

狙ったようにタイミングよく、隣の教室から智美《さとみ》が出てきた。

「智美、さやかが転校って……！」

言い募る桃子をなだめるように、智美が片手を上げた。

「どうやらそうみたい。でも理由まではわからないんだ。『急な話ですが、小泉さんはお家の都合で転校されました』とだけしか聞いてない」

「お家の都合？」

智美はかすかに首をかしげた。

「そう。正直驚いたし、ちょっと腑に落ちないところもあるけれど……その様子だと桃ちゃんも何も聞いてないんだね？」

桃子は黙って頷いた。

結局、夏休みに傘を差しかけたあの日が最後だったことになる。だがあの時、そんな様子は気振りにもなかった。

「そうか。じゃあ桃ちゃんにはかなりショックだろうけど、もうこれはどうしようもないことだから。また何かわかったら教えるよ」

桃子の肩をぽんと叩くと、智美は自分の教室へ戻っていった。

一人廊下に取り残された桃子は、思わず息をついた。家の都合というのは体のいい建前で、つまるところはこの町にいられなくなったということだろうか。

仮に桃子がさやかのそばから離れなかったとしても、結局は同じ結果になったかもしれない。

だが一人でも味方がいるのといないのとでは、雲泥の差がある。そもそもさやかの力は、彼女に責のないことなのだ。それなのにただ一方的に貶められるのは、理不尽極まりない話だった。桃子自身、さやかのことを気にかけながらも、いつもどこかで人目を気にしていた。最後に会った日、ぬれそぼつさやかに思わず声をかけたが、それとて誰かの目を憚ってはいなかったか。彼女とひとつ傘で並び立って家まで送らずに済んだことを、心のどこかで安堵してはいなかったか。

——結局、私もみんなと同じなんだ。

取り戻すことのできない時間を悔やんで、桃子は一人、こぶしを握り締めた。

それからしばらくの間、さやかの転校話は熾火のようにくすぶり続けた。

だが何といっても当の本人は、もうどこか別の町へ移ってしまったのだ。そうなると自然、関心も薄くなる。一ヶ月も経つ頃には、さやかの話題を口にする人は、手のひらを返したようにほとんどいなくなっていた。

「——なんか後味悪い。結局みんなが無責任に責め立てたせいで……」

桃子が呟くと、隣で智美が珍しく大きなため息をついた。二人は町の中央を流れる川のほとりのベンチで、並んで腰かけていた。以前さやかと二人でちょくちょく座っていたところだ。

初めてその不思議な力を知ったのも、この場所だった。

「そうだね。改めて噂の怖さっていうのを思い知らされた気がする。特にこういう狭い町だとなおさらね」

「でも結局、自分も同じなんだなって思った」

「同じ？」

「だってさやかがつらい思いしてた時に、私、声をかけられなかったから。さやかを悪く思ってるわけじゃなくても、なんかその……」

「まわりの目が怖かった？」

桃子は小さく頷いた。

「いじめと一緒だよね。直接石を投げるわけじゃなくても、誰かが投げるのを止めなかったら、結局同罪っていうか……」

智美はうーんと空を見上げた。

「そうかなあ。でももし自分にも石が投げられたら、って思って躊躇するのは当然だと思うよ。自分の身を守るのはおかしなことじゃないでしょう」

「え？　でも智美は違うじゃん。あんな時でも、ちゃんと声かけたりしてたでしょ？　私、すごいなと思ってた。智美は強いんだなって」

智美は照れたように肩をすくめた。

「褒めてくれるのは嬉しいけれど、そんな格好いい理由ばっかでもないよ。私の場合はさ、嫌な話だけど大義名分が成り立つっていうのもあるから」

「大義名分?」

「そう、級長やら部活のキャプテンやらの看板がね。そういう立場の人間がさ、ああいう場面で何かやっても、それなりに納得されちゃうってのもある。『まあ智美は級長だし』みたいな免罪符とでも言えばいい?　もっともそれはそれで、いい子ぶってるとも言われるけどね」

智美には似つかわしくない苦い口調だった。

「まあ確かに性分ってのもあるよ。私は単純だから、ああいう陰湿なひそひそ話は好きじゃない。言いたいことがあるなら堂々と本人に言えばいいし、言えなきゃ黙ってろとは思う。でもさ、桃ちゃん」

智美は川の流れから目を戻すと、桃子の顔を正面から見据えた。

「正直、一人の力で集団に対抗するっていうのはしんどいよ。下手すれば自分までつぶされちゃう。だから今回のことで桃ちゃんが悩む必要は、あんまりないと思う」

「そうかもしれない。でも……」

「そう、でもさ。やっぱり理不尽だよね。今の本人がどうかということより、臆測と思い込みだけが先走って、勝手に事実にされちゃう。桃ちゃんはそれがおかしいとわかってたけど、数の暴力に逆らえなかった。それは仕方ないと思う。でもあの人たちは違うよ。それがおかしいということすらわかってない。なんの根拠もないことを丸々信じ込んで、さもそれが真実みたいな顔してさ。そのくせ喉元過ぎたら、あっという間に忘れちゃう。そうじゃない？」

「…………」

桃子は黙ったままうつむいた。自分の中のもやもやとした感情を、智美にすぱりと切って示されたような気がした。

「さっきも言ったけどさ、一人で対抗するのは難しい。でも心の中で『これはおかしい』って思えるようにするのは大事なことだと思うんだ。私、今度のことですごくそう思ったよ。大人だってみんな自分の頭で物を考えてない。さもそれらしい意見に飛びついて、それを自分の考えだと思い込んでるよね。しかもそれが絶対に正しい、みたいな」

それは桃子も同じ思いだった。桃子の母親がまさにそうだ。

「さやかが転校したあと、うちのお母さんが言ってたんだ。『ある意味かわいそうな子よねえ、やっぱりまわりの大人がちゃんとしないと』だって。正直、どの口が、って思ったよ。大人にとっては、さやかの親とか親戚が悪いってことなんだよね。自分たちがそれに加担してると思ってない」

「まあ親には親の考えがあるんだろうけどさ。でも私たちだって、いつまでも親の保護の下にいられるわけじゃないからね。進学や就職みたいな大きな節目をきっかけに外の世界へ出てかないと、その先がまずいんじゃないかな。いわゆる親離れ・子離れができないっていうか」

「……智美、外の大学行くの？」

智美は、にっと頬を綻ばせた。

「私みたいな単細胞には、こういう土地は窮屈でね。まあどこに行っても何かはあるんだろうけど、いちど誰も自分のことを知らない場所に行ってみたいっていうのは前からあって。人生リセットするじゃないけどさ、新しいところで自分に何ができるのか試してみたいんだ」

桃子は智美の顔をじっと見つめた。広い川を背にあっけらかんと笑う智美が、ただまぶしく、うらやましかった。

「桃ちゃんは？　地元にするの？」

「まだ決めてない。外だと親がうるさそうだけど」

一人娘の桃子を県外に出すかどうかはかなり疑問ではある。そう言うと智美はそれは大変だ、と笑った。

「まあ私は姉も兄も外に出てるからね。そういう意味では親も免疫があるからいいんだけど。桃ちゃん、一人っ子か。じゃあ最初はちょっと大変かもね。でもさ」

「でも?」

「結局は、自分の人生だから。自分の頭で考えて、最後は自分で決めないと後悔するんじゃないかな——なんて、めっちゃ偉そうじゃん、私。ごめん」

——自分の人生だから。

からりと笑う智美の笑顔が、早く大人になりたいと言ったさやかの姿に重なって、桃子の胸をかすかにちくりと疼かせた。

終章

結局桃子は、地元の大学を卒業したあと、町を出て東京の会社に就職した。

母親は不満そうではあったが、就職の都合ともなると反対するにも限度がある。元々この地域での求人は限られたものだったからだ。何だかんだ言って親がかりだった桃子にとっては不安もあったが、いつかは親元を離れなければ、というあの時の智美の言葉が背中を押した。

その智美は東京の体育大学に進学し、さらに卒業後はアスレティックトレーナーの勉強のためにアメリカに渡った。いかにも智美らしい選択に、桃子は思わず納得の笑みを洩らしたものだ。

さやかの話題は、もう誰の口にのぼることもない。さやかとその親戚の一家がどこに引っ越したのか、町で知る人は誰もいなかった。

やがて結婚し、一児の母となった桃子に、八月の雨が一気に当時の記憶を呼び戻す。

この唐突な雨の中を、傘も差さず走りもせず、ただ悠々と歩いていく女性。

すらりとした背丈は同じだが、あの頃と違ってロングヘアで、髪の色も明るくなっていた。

だがたった一瞬で、その姿は街角の向こうに消えてしまった。わずかに目に残る残像は、それがさやかであることを明確に示してはくれない。だがこの雨の中をぬれながらもどこか楽しげに歩く足取りは、あの日のさやかの後ろ姿を彷彿とさせた。

「ねえ、ママ。雨、まだ降るのかなあ」

娘の声で、桃子ははっと母親の意識に引き戻された。

「そうだねえ。急に降ってきちゃったし」

「いつやむの？」

「いつって、ママそんなの……」

わからないに決まってるでしょう、と言いかけた桃子の口がふと固まった。

まるで肩を引き留められているかのような、不思議な感覚。

――もうちょっとだから、待ってて。

「……さやか……？」

娘が怪訝そうな顔で母親を見上げる。

「さやかってだあれ？　ねえ、ママ。だあれ？」

桃子は、半ば無意識にさっきの女性が消えていった街角に顔を向けた。

――違う、まさか。私にはそんな力はない。私なんて、雨の匂いすらわからないのに。なんて言うんだっけ――ああ、そうだ。ペトリコール。私はペトリコールすらわからないと言ったら、さやかが笑って……

誰かが肩を叩く。背中を押す。何かが自分を温かく包む気配。

しばらくじっと空を見上げていた桃子は、やがて羽織っていた薄手の上着を脱ぐと、ふわりと娘に被せた。

「ママ？」

「——帰ろう、友里」

「でもまだ雨降ってるよ？」

「大丈夫。もうすぐやむから、そろそろ行こう」

そう言うと桃子は顔を上げて、もう一度さっきの街角を振り返った。そこにあの女性の姿はない。ただ傘を差し、物憂げな表情で歩く人々がいるだけだ。

桃子は娘の手をしっかり握って、雨の中に一歩を踏み出した。ぱしゃりと跳ねた水の粒に、幼い娘が歓声を上げる。

あの角の向こうに、懐かしい笑顔が待っているのだろうか。

淡い期待に微笑む桃子の頬をぬらす雨は、やがて穏やかで優しい雫へと変わっていった。

了

やまなし文学賞の概要

本文学賞は、山梨県と深いゆかりをもつ樋口一葉の生誕百二十年を記念して、平成四年四月に創設されたもので、山梨県の文学振興をはかり、日本の文化発展の一助となることを目的として、第三十回まで小説部門と研究・評論部門の二部門を設けた。主催は、やまなし文学賞実行委員会。山梨県・山梨県教育委員会・山梨日日新聞社・山梨放送が後援。山梨県立文学館に事務局が置かれている。

第三十一回のやまなし文学賞実行委員会は、三枝昂之山梨県立文学館館長を実行委員長とし、委員を金田一秀穂氏（山梨県立図書館館長）、野口英一氏（山梨日日新聞社社長・山梨放送社長）、西川新氏（山梨日日新聞社常務取締役）、赤岡重人氏（山梨県観光文化部部長）、手島俊樹氏（山梨県教育委員会教育長）、若尾哲夫氏（山梨県立文学館副館長）が、監事を三井雅博氏（山梨日日新聞社編集局長）、柳沢章司氏（山梨県観光文化部文化振興・文化財課課長）がつとめた。

第三十一回より一般部門と青少年部門の二部門として小説を募集した。一般部門では全国四十三都道府県および海外一カ国から、四百十七編（うち県内在住者は五十一編）の応募があった。二十五歳以下の山梨県出身・在住・在学・在勤者を対象とする青少年部門では、二十編の応募があった。

一般部門は選考委員の町田康、堀江敏幸、青山七恵の三氏による選考の結果、やまなし文学賞に宮沢恵理子氏（埼玉県）「捩花」が、佳作に菱山愛氏（山梨県）「三日月」と秋田柴子氏（非公開）「雨を知るもの」が選ばれた。青少年部門は青山氏による選考の結果、同賞青春賞に山田孝氏「追いかける瞳」、佳作に米山柊作氏「畜ケルベロス談」、成瀬なつき氏「行路」、伊藤東京氏「悪意の居留守」が選ばれた。各受賞作は三月十八日より七月二十日まで山梨日日新聞、また同紙電子版に掲載された。

やまなし文学賞実行委員会事務局
〒四〇〇―〇〇六五
甲府市貢川一丁目五―三五
山梨県立文学館内
電話（〇五五）二三五―八〇八〇

選評

町田康

今の世を生きている人間はこの世の大体の事がわからない。だが小説を書く場合、作者はその小説の世界で起こる大体の事がわかっている。なぜなら彼は作者であるからである。この事が、小説がおもしろい原因であるのだけれども同時に小説をつまらなくしている場合も少なくない。なぜかと言うと、小説は大体がこの世のことを参照しているので、元来、わからない筈のことをわかったように書くと、どうしてもその視座が限定的になり、下手をすると独善に陥るなどして読む者を白けさせるからである。宮沢恵理子氏の「捩花」はわからないことをわからないままに書いているようなところがあり、どうなるかわからない人間の身の上と心持ちが其の儘に描かれていた。

秋田柴子氏の「雨を知るもの」は言葉遣いが正確なところに文章を綴ることについての誠実が現れた作品であった。最近、多く書かれる小説の特徴として被害の感情に基づくものが多いというのがあるように思うが、この作品では、それと表裏一体であるはずの加害の感情が描かれ、その心の動き・働きに説得力があった。

菱山愛氏の「三日月」は自尊心が挫かれ、自殺を図るなど社会生活に困難を覚える主人公が自然と言葉によって回復する物語である。「大丈夫」という簡単な言葉によって癒やされる心が不安定で均衡を欠く、また別の狂気である事がこの作品から窺われて興味深かった。

捩れたままの魅力

堀江敏幸

宮沢恵理子さんの「捩花」は、題名のとおり物語がまっすぐに伸びていかず、可憐な花が要所で奇妙な捩れを起こすところに、不思議な味わいがある。捩れには支柱があって、それが佐倉さんという霊能力のある女性だ。六十歳の彼女が、五歳上の夫とその友人を巻き込んで、恋以上の艶めかしい性愛をいくらかコミカルに匂い立たせる。まとまっているようでまとまらないもどかしさと、佐倉さんの言動に影響されながら自分の日常を変えていく瑞穂さんの実直さが好もしい。受賞に捩れはなかった。

実直さの純度が高くなりすぎると、かえって濁りが生じる。菱山愛さんの「三日月」、医師としての日常を見つめる誠実な眼差しには、三日月の輪郭を補って満月にしなければ落ちつくことができないような不安が隠れている。ピンポイントで差し出された善意を全的に受け止め、欠けた部分を見つめない素直さと言ってもいい。それが作品の均衡をあやしく保つ力になっていた。

秋田柴子さんの「雨を知るもの」は、まだ乾きっていない語り手の心の傷を、湿り気のある文章でうまく包み込む。雨の予知能力を持つ友人を追い出した狭い土地の偏見、噂と日和見。その毒がまだ本当の毒にならないうちに友人はみずから姿を消したのかもしれない。そんなふうに感じさせる寓話に似た味わいが、読後も消えずに残った。

思わぬ変化

青山七恵

「捩花」の主人公の目を通して語られるのは、おっとり者の六十歳、佐倉さん。天真爛漫な童女のように見えれば、死者の声を聴くスピリチュアルな面もあり、献身的に尽くす妻でもある。そんな佐倉さんが、突如成熟した色気を放つ何者かへと化す、終盤の艶やかな変化に、意表を突かれた。文章は独特なリズムで波打っていて、穏やかだけれど強引で、あれ、あれ、と思っているうちに、こちらもその波にのまれてしまう。佐倉さんがタンポポの綿毛になったり、その言葉から狸が出てきたり、干し草の匂いがしてきたりと、人間の輪郭の柔らかさを見せる描き方もよかった。

「三日月」の語り手は、とても謙虚な腰の低い人で、この、誰にへりくだっているのかわからない、読んでいて少し不安になるような語り方が、まず新鮮に感じられた。同時に、これは言葉についての話でもあると思った。医師の語り手は、患者が口にした言葉の切れ端から相手を理解しようと励む。あるいは、好きなもの嫌いなものを書き出すことによって、自身を見出していく。最後には、人と人が言葉で近づくその瞬間、近づいてもまだ残されるその距離が、やはり謙虚に大切に描かれていた。

「雨を知るもの」は、終始雨の気配が漂う語りの湿度が一貫していて、言葉が生み出す場の空気がしっかり感じられた。文章はスムーズで破綻がない。旧友からのお礼なのか、あるいは仕返しなのか、自身の行いの報いを受けたとも読める結末も手堅かった。

受賞の言葉——やまなし文学賞「捩花」

宮沢恵理子（埼玉県）

この度は、第三十一回やまなし文学賞に選出して頂き、誠にありがとうございました。選考委員の皆様、選考に関わって下さったすべての方々に心より感謝申し上げます。

子供の頃、家の本箱にあった詩集を読み、そのリズムと行間の美しさに惹かれ、歌謡曲を耳にすればその歌詞を眺め、小学校の卒業アルバムの将来の夢の欄には「作詞家」と書きました。大人になり、そのことはすっかり忘れていたのですが、書くことが好きだった私は、小説を書いてみようかと思うようになりました。「捩花」は、胸に手を当て、私の中の濁りのない場所を探し、言葉を連ねていきました。後半は、日常が足元から崩れていくような出来事へと繋げていきました。小説を書いているうちに、佐倉のように、いかなることがあろうとも、濁りのない部分を忘れずに生きようという私への応援歌になっていきました。まだまだ未熟ではございますが、これからもっともっと言葉を大切に、精進してまいりたいと思います。

受賞の言葉――佳作「三日月」

菱山　愛（山梨県）

御選考、ありがとうございます。皆様に読んでいただける機会を大変嬉しく、心より深く感謝しております。

居場所が無いと、この世に生きていることを心細く感じていた中学時代に、瀬戸内寂聴さんが、「あなたを思い出すとき、相手が笑顔のあなたを思い出すのなら、きっとその相手は、笑顔になるでしょう。人を笑顔に出来るのなら、あなたはそれだけで、生きている価値があります」というようなことを仰っているのを拝見し、生きるのが少し楽になりました。何もできない私は、とりあえず、明るく、笑おう、それだけでも良いのだ、と思えるようになれたから。

そんな〝生きる力のバトン〟を、繋げていくことが出来たら、と願っています。

未熟さは自覚しながらも、思春期に突入していく子どもたちに、また、仕事柄お会いできた、心のバランスを崩しかけてしまっている方々に、そして、直接お会いは出来ない方々にも、今の私に出来る形で、〝居場所作り〟を提案出来たらと思い、描きました。

県立文学館・美術館の庭は大好きな場所です。この場所で表彰していただくことも、大変嬉しく思います。ありがとうございます。

恩返しが出来るように、今後も頑張ります。

受賞の言葉――佳作「雨を知るもの」

秋田柴子（非公開）

私が物語を書く時、常に頭にあるテーマのひとつに「閉鎖性」がある。だがひとくちに閉鎖性と言っても様々だ。地域・業界・職場・学校……見ようによっては家庭もひとつの閉鎖社会と言えるかもしれない。自分が置かれている環境の閉鎖性に、人はどれだけ気づくことができるのだろうか。自分にとってごく普通のことが他者から見たら異質に感じることもあるし、その逆もまた然りだ。それを受け入れるか、あるいは拒否するかで物事は大きく変わってくる。

そんなありきたりの日常に潜む危うさや心の揺れを形にしたいと思って、日々物語を書いている。毎日の生活から生まれる感情の鼓動は、ささやかに見えて、実はとても強いものだと思うからだ。だが正直、今回も描き切れたとは思えない。どれほど言葉を紡いでも自分の求める何か、伝えたい何かは、いつも私の指先からすり抜けていくような気がしていた。だからこそ、このたびのお知らせを頂いた時は本当に嬉しかった。

拙い筆で書かれた物語の小さな声をすくい取って下さった選考委員の先生方、ならびに事務局・関係者の皆様方に心より御礼を申し上げます。

樋口一葉記念
第三十一回 やまなし文学賞受賞作品集

二〇二三年九月三十日 第一刷発行

著者 宮沢恵理子
菱山 愛
秋田柴子

発行 やまなし文学賞
実行委員会
〒四〇〇-〇〇六五
山梨県甲府市貢川一丁目五-三五
山梨県立文学館内
電話（〇五五）二三五-八〇八〇

発売 山梨日日新聞社
〒四〇〇-八五一五
山梨県甲府市北口二丁目六-一〇
電話（〇五五）二三一-三一〇五

ISBN 978-4-89710-643-4
定価はカバーに表示してあります。